© woosanghee

강진아

1981년 부산 출생.

KB022160

오늘의
엄마

오늘의

엑마

오늘의 젊은 작가 25

강진아
장편소설

민음사

차례

1부

1

그의 세 번째 기일이 다가오고 있다. 가뜩이나 멍한 정아는 요즘 들어 부쩍 시간 감각이 없다. 그에 대한 생각이 꼬리를 물고 이어지는 통에 끼니까지 거르며 이리저리로 끌려다니기만 한다. 하마터면 오늘 출판사 미팅도 까먹을 뻔했다. 침대에 누워 천장에다가 눈으로 그의 목덜미 곡선을 그리고 또 그리던 중이었다. 점점 선명해지는 목덜미 너머로 뿌옇게 질문이 떠올랐다. 뭔가 할 일이 있었던 것 같은데, 뭐였지? 정아는 그리기를 중단하고 다이어리를 펼쳤다. 다행히 미팅은 너덧 시간 남았지만 침대에서 일어난 김에 채비하기로 한다. 집에 있다가는 다시 목덜미를 그리게 될 것이고 그러다 보면 그의 사진을 확인하게 될 텐데, 그럼 정말 답이 없다. 현관에서 신발을 신으면서는 자신의 빠른 행동력이 꽤나 만족스러워서 안 신던 높은 굽의 구두를 고른다.

오랜만에 집 밖으로 나오니 아리게 찬 공기가 상쾌하다. 미팅까지는 여유가 있다. 또각또각 자신이 내는 구두 소리를 들으며 건물의 간판들을 둘러보다가, 미용실이 눈에 들어와 별 고민 없이 걸음을 옮긴다.

'시간이 지나면 괜찮을 거야.'

사람들은 그렇게 부탁하지도 않은 위로를 잘도 건넸다. 당혹스러울 정도로 잔인한 문장은 점점 불어나 정아를 둘러쌌다. 아직 그 시간이라는 게 지나지 않은 것인지 정아는 영 괜찮지가 않다. 괜찮기는커녕 머릿속의 그는 점점 완벽해져서 함께했던 시간이 감격스러울 지경이다. 자판기 커피를 마시거나 산책을 했던 장면 장면이 찬란하게 빛나며 현재의 누추한 자신과 극명한 대조를 이룬다. 정아의 노화는 예정되어 있지만 그는 영원히 젊을 것이기에 이상한 조바심까지 난다. 미용실 가운을 걸치고 디자이너에게 머리를 맡긴 채 이런 생각을 하고 있자니 꼴이 우습다. 거울 속의 자신을 피하려고 닫아 둔 두 눈은 징징, 진동 소리에 열렸다. 언니 정미였다.

"받으셔도 돼요."

머리를 말던 디자이너가 배려를 담아 말해 주었지만 받지 않는다. 상황이 불편한 것도 그렇지만 왠지 받고 싶지 않다.

부산에 내려가서 공부 중인 언니와는 사이가 나쁜 편이 아니다. 그러니까 핸드폰을 무음으로 처리하는 이유는 발신인 때문이 아닌 거다. 단지 조금 체한 기분이다. 먹은 것도 없는데 왜 이럴까? 스스로를 둔하다고 믿는 정아는 가끔 이런 감각이 전해질 때마다 어리둥절하다. 누군가는 촉이나 감이라고 할지도 모르겠지만 그건 특별히 예민한 사람들이나 느끼는 것이다. 정아는 자신이 느끼는 것에 이름을 붙이지 못하고 있다.

미용실 밖으로 나와 말려 올라간 머리를 매만지며 언니에게 전화를 건다. 발신음 이후 언니의 목소리가 들린다.

"엄마 검진 결과가, 좀."

"검진 결과? 무슨?"

"건강검진 받은 거. 그게 이상하단다."

이상하다는 말에 집중하며 언니의 목소리가 왜 이렇게 떨리고 있는지에 대해 생각한다. 엄마의 폐에 문제가 있어 보여 정밀검사를 해야 한단다. 의사의 이야기를 전하는 언니의 말투는 괜찮겠지? 괜찮은 거겠지? 라는 확인을 거듭 요구하고 있다. 정아는 무슨 상황인지 제대로 파악도 하지 못한 채 요구에 응한다.

"괜찮을 거다."

"그자?"

"어. 내가 내려갈까? 별일 없는데."

"아니다. 근처 병원에 예약했다. 내일 검사받을 수 있단다."

"어. 괜찮을 거다."

몇 마디 말이 더 오갔으나 정아의 머리엔 남지 않는다. 그저 자신이 내뱉은 괜찮을 거다, 에 대한 간절한 바람만이 차오른다.

엄마 박선희 여사는 스물셋에 언니를 낳았고 스물다섯에 정아를 낳았다. 엄마는 정아가 태어날 때부터 엄마였으므로 자신과 동갑인 엄마를 상상하면 언제나 낯설다. 지금 나이에 다섯 살배기와 세 살배기 딸 둘이 있는 것이다. 아빠는 정아가 태어나던 해에 돌아가셨으니 세 번째 기일을 맞이했을 것이다. 어라? 정아는 놀라서 멈춰 선다. 대단한 법칙이라도 깨우친 얼굴이다. 머릿속에서는 만약에, 그렇다면? 스스로를 놀라게 하는 질문들이 연거푸 솟구친다. 엄마와 자신이 같은 나이에 사별했다는 건 뭘 뜻하는 거지? 엄마가 아빠를 잃지 않았더라면 그도 살아 있을까? 그렇게 정아는 약속도 잊은 채 생각의 물살에 아무렇게나 휩쓸려 버린다. 오랜만에 신은 구두 뒷굽이 질질 끌리고 있다. 징징, 어디선가 핸드폰 소리가 난다 싶어 봤더니 편집자인 고호민의 부재중 전화가 여러 통이다. 미팅 시간은 10분이나 지나 있었다.

*

　허름한 상가 건물 2층, 책이 빽빽하게 꽂힌 편집부 사무실
이다. 유독 더러운 자리에서 고호민이 고개를 돌린다.

"늦었다."

"응, 미안."

"뭔 치장을 하셨어?"

"오빠 보라고 한 거 아니거든?"

　정아가 일러스트를 맡기로 한 유아 교구 회의가 짧게 이어
진다. 한글, 숫자, 알파벳 보드판으로 제작될 것이라 한다. 언
제나 그렇듯 주문은 밝고 긍정적이게, 이다. 고호민은 같은 과
선배인데 허물없이 지내던 습관이 남아 여전히 말이 짧다. 그
래도 관계자가 있을 때는 예의를 지키려 노력한다. 대충 설명
이 끝났는지 고호민은 늘어놓았던 교구 초안을 파일북에 담
아 정아에게 건넨다. 그러고는 슬쩍 봉투를 그 위에 올린다.

"지난달 작화료."

　정아는 냉큼 집어 돈을 센다. 염려했던 대로 받을 돈에 못
미친다.

"뭐야, 왜 30만 원이야."

"오빠가 방금 지난달 작화료라 했지, 밀린 건 다음에 줄게."

"뭘 다음에 줘. 지금 줘."

"가, 그냥. 가 주라. 작업 끝나면 전화 주고."

더 따지려고 힘을 내는데 고호민의 핸드폰이 울린다. 보란 듯이 큰 동작으로 전화를 받아 드는 꼴을 잠시 노려보다가 정아는 출판사를 나온다.

집에 돌아오니 벌써 해가 붉다. 정아는 현관에 서서, 주방에 쳐 둔 나무 발이 만든 긴 그림자를 바라본다. 창가 화분의 잎이 흔들리며 나무 발의 그림자를 공격하는 광경을 조금 더 구경하다가 탁, 실내등을 켜서 그 잔망스러운 풍경을 날려 버린다. 라면을 한 개 끓여 먹고 담배까지 피우고 나서는 책상에 앉는다. 받아 온 유아 교구를 올리고 스케줄 표를 들여다보니 하루 이틀 더 놀아도 되겠다. 그렇게 스스로에게 게으름을 허락하고는 하품과 함께 길게 기지개를 켠다. 잠깐의 외출로 쌓인 피로가 몰려온다. 고개를 돌려 방 안의 사물들을 무심히 바라보던 정아는, 자리에서 일어선다. 휴지와 비닐, 수건 등을 챙겨 와 가지런히 책상에 올리는 폼이 이상하리만큼 조심스럽다. 집 안에 누가 있는 것도 아닌데 컴퓨터 스피커를 끄고는 이어폰을 연결해 귀에 꽂는다. 이제 준비는 끝났다.

심호흡을 한번 한 후, 바탕화면에 놓인 사운드 파일을 더

블클릭한다. 1초, 2초, 3초. 드디어,

—보여?

그의 목소리다. 죽기 3개월쯤 전, 정아는 그의 도움을 받아 먹물이 번지는 영상 소스 촬영을 했는데 사운드까지 녹음된 것은 작년에야 알게 되었다. 그의 사진 한 장 한 장이 아쉬운 터에, 30분에 달하는 목소리를 가지게 된 것이다.

—그거 말고, 여기를 잡아.

이건 듣기 힘든 자신의 목소리다. 정아는 오디오의 파형이 컬러를 바꿔 가며 춤추는 걸 노려보며 다음 목소리를 기다린다.

—이렇게? 보여?

그다.

—옆에, 옆에. 아, 씨.

—미안, 지금 됐다, 그지?

순 이런 투다. 그는 쩔쩔매고 정아는 틱틱거린다. 자신의 목소리가 싫어서 편집 프로그램으로 그의 목소리만 따로 출력한 파일도 있다. 하지만 자신의 목소리와 함께 그날의 생생함도 사라져 버려서 자주 듣지 않는다. 온전하게 들으려면 그날의 끔찍한 자신을 견디는 수밖에 없다. 다행히 20분 뒤부터는 그의 목소리뿐이다. 화가 잔뜩 난 정아는 침묵으로 빠져버렸다. 그는 지치지도 않고 대답 없는 정아에게 묻고 또 묻는다.

—이제 보여? 맞아?

침묵 후,

—된 거 같은데? 그지, 정아야?

백 번 천 번을 들었는데, 여지없이 '정아야'라는 그의 목소리에 몸이 떨려 온다. 정아는 이어폰을 꽂은 채 몸의 진동에 맞춰 흐르는 눈물, 콧물을 휴지로 틀어막는다. 이제 막, 익숙한 클라이맥스가 시작된다. 부스럭거리는 소리와 함께 그가 일어나는 듯하다. 화가 난 정아의 기분을 풀어 주려고 한껏 부풀린 목소리다.

—정아야, 나 설거지한다?

멀어진 그의 목소리가 작아서 정아는 볼륨을 최대로 높인다. 그가 즐겨 부르던 여러 노동요 중의 하나인 설거지송이다.

—깨끗깨끗, 깨끗해요오오.

끅끅거리느라 볼륨 낮추는 타이밍을 이번에도 놓쳤다. 정아의 목소리가 정아를 공격한다.

—야이, 씨.

이게 끝이다. 28분 49초. 소스 촬영이 끝나서 카메라를 껐을 것이다. 사운드 파일도 자동 멈춤 상태지만 터져 버린 눈과 코에서는 줄줄 물이 흐른다. 몸의 떨림 폭이 커지며 호흡도 가빠진다. 누가 보면 간질이라고 할 수도 있겠으나 이건 과

산소증이다. 상담을 받았을 때, 이 상태에 이름이 있다는 말을 듣고는 반가워서 단단히 기억해 두었다. 비닐로 코와 입을 막지 않으면 사지가 뒤틀리며 마비가 온다. 그렇게 의식을 잃은 적이 몇 번이나 있었기 때문에 주의하고 있다. 뒤집어쓴 비닐엔 눈물 콧물이 흥건하지만 실은 그렇게 슬프지 않다. 찢어질 듯 괴로워서 이러는 게 아니다. 숨이 안 쉬어지는 이유는 순전히 이기심 때문이다. 그에게 잘못했던 기억만 남겨서는 안 된다. 그가 손해를 본 것으로 생각을 멈추어서는 안 된다.

올해 추석에는, 그와 마지막으로 봤던 영화가 심장에 박혀 옴짝달싹하지 못한 채 집에 처박혀 있어야 했다. 그 영화는 정아 취향의 공포물이었는데 그는 보는 내내 괴로워했다. 당시 정아는 미안해하기는커녕 그를 놀리며 즐거워했다. 그게 함께 본 마지막 영화라니. 그게 마지막일 줄 몰랐잖아, 몰라서 그랬잖아! 아무리 마음속 누군가에게 외치고 변명해 보아도 먹히지 않았다. 잊은 줄 알았던 순간순간이 아프게 찔러 대는 통에, 정아는 자신을 보호할 구실을 찾느라 혈안이 되어 있다. 하루 종일 틀어박혀서 하는 짓이 자기가 만든 공격을 자기가 방어하는 꼴이라니. 지난 3년 동안 이 집 전체가 전투에 사용된 창과 방패로 가득 찼다. 어떤 공격에 어떤 변명을 했는지 모두 기억해 낼 수 있을 정도다.

그중에는 막아 내지 못한 것도 있는데, 가까운 미래에 더욱 강한 날을 세워 공격해 올 것이다. 내가 부르지만 않았더라면 그는 막차에 치이지 않았을 거야. 정아는 여유가 있을 때, 조금씩 방어할 거리를 찾아 나선다. 그 전에는 잘 왔잖아. 오라고 할 때 문제없이 왔잖아. 나 때문은 아닌 거잖아. 어떤 날은 생각들을 물리쳐 내 조금은 괜찮을 것 같은 기분으로 잠들기도 한다. 하지만 대부분은 자기가 찾아낸 변명의 이치 없음에, 그 비겁함에 치가 떨려 자신이 자신인 것이 부끄럽고 괴로웠다. 그러다 보면 하얗게 동이 트거나, 벌써 깜깜해져 있거나 했다.

"집에 처박혀서 뭐 하는 거야."

친구들의 질문에 대한 답은 이러하지만, 정아는 편리하게 답한다.

"그냥, 뭐."

아무런 의미도 없는 대답은 운 좋게도 먹혀들어서, 더는 캐묻지 않으니 정아로서는 다행이다.

비닐을 덮어쓴 채로 용케도 잠이 들었는데, 진동 소리에 깼다. 징징, 전화가 울리다가 멈춘다. 정아는 눈을 뜬 채로 멍하다. 뭐지? 꿈을 꾼 것 같은데? 몸을 풀려다 말고 아차 싶다. 설마, 혹시? 뭐지? 무슨 일이 있었던 거지? 그 찰나의 순간, 빠르고 정확하게 그의 사고와 이후의 상황들, 영안실, 장례식장 등등이 쏟아져 들어오며 여기저기를 쑤신다. 잔혹한 기억이 망각의 틈을 비집고 비수처럼 꽂힌다. 이쯤 되면 다시 꿈으로, 희망이라도 남은 세계로 되돌아가고 싶다.

장례를 치르는 동안에는 정아도, 이 우스꽝스러운 의식이 끝나면 괜찮아질 거라 막연하게 생각했었다. 조문객과 함께하는 지금이 가장 힘든 때라고 스스로를 위로했다. 하지만 견딜 수 없을 것 같던 고통은 다음 날, 그다음 날, 매번 역치를 넘어서며 수위를 갱신해 왔다. 그러기를 3년이다. 천 번이 넘도록 새롭게 더욱, 안 괜찮은 중이다. 여전히 낯설기만 한 고통을 느끼며 정아는 머리의 비닐을 벗어젖힌다. 물이 흘렀던 눈과 코가 쓰리다. 실눈을 뜨고 핸드폰을 보니 부재중 전화에 언니 이름이 떠 있다. 아, 그랬지. 오늘 엄마 검사랬지. 아아, 크게 목을 가다듬으며 언니에게 전화를 건다. 신호 대기음 이후에 들려온 목소리는 딱딱하다. 언니는 전화를 왜 안 받았던 거냐, 몇 신데 잔 거냐, 타박을 길게 뺀 후에 엄마 이야기를 시작한다.

"CT를 찍었는데, 어제는 엑스레이 보고 의사가 그런 거였거든?"

"어."

"폐에 3센티미터 정도 뭐가 보이는데, 그게 결핵 지나간 자리거나 종양이거나."

그런데 그 '뭐'가, CT 결과로는 종양으로 보인다는 거다. 종양도 양성이냐 악성이냐에 따라 다른데 그 결과는 일주일이 지나야 확인할 수 있단다. 엄마의 폐에 종양이 있다는 사실만으로도 언니는 말을 제대로 맺지 못한다. 숨이 목구멍에서 막히는지 호흡이 영 불안하다. 지금 내려가겠다고 했더니, 니가 오면 뭘 하겠느냐며 그냥 있으란다. 하지만 정아는 제발 와 달라는 부탁을, 언니의 떨리는 숨소리로 들어 버렸다. 전화를 끊고 화장실로 가서 세수를 한다. 쓰린 얼굴에 찬물을 몇 번이나 끼얹고 거울을 보니 퉁퉁 부어 말이 아니다. 이럴 줄 알았으면 어제 울지 말걸 그랬다.

2

장미아파트. 쓰러져 가는 맨션 벽에는 페인트칠이 벗겨져 흉한 글자 자국만 남았다. 지은 사람, 사는 사람의 간절한 염원이 이름에 담긴 것만 같아서 볼 때마다 아파트, 하고 발음하게 된다. 엘리베이터도 없어 엄마가 사는 503호까지는 걸어서 올라가야 한다.

정아가 중학생이 되던 해, 이곳으로 이사를 왔다. 평소 움직임에 낭비가 없던 엄마가 그날만은 부산했다. 짐을 나르는 중에 분명한 목적도 없이 화장실 문을 몇 번이나 열고 내부를 둘러보았는데, 이게 다 무슨 일인가, 난처한 얼굴이었다. 이런 양변기와 세면대가 온전히 자신의 것이라는 사실에 기쁨과 불안을 동시에 느끼는 듯했다. 더 이상은 싱크대 아래에서 쉬를 하지 않아도 되고 공용 다라이에서 세수를 하지 않아도 되어 너무 좋은데, 그래도 되나? 이렇게 사치 부리다가 벌 받지 않을까? 그렇게 엄마는 생에 처음으로 자기 소유의 화장실을 갖게 되었다.

정아는 벨을 누르려고 손가락을 들었다가 몇 년 전부터 고장이었음을 기억해 내고는 문을 탕탕 친다.

"엄마!"

벌컥 문을 여는 사람은 언니다. 문밖으로 갈비 냄새가 진동을 한다. 언니는 정아를 흘깃 보고는 눈짓으로 사인을 보낸다. 명절이 아니면 보기 힘든 작은딸까지 오면 엄마에게 당신은 위중합니다, 알리는 형국이 될 수 있으니 평소대로 행동하라는 거다. 정아도 눈으로 알겠다, 답한다.

바로 보이는 거실 벽에는 자매의 졸업 사진이 나란히 걸려 있다. 태극기나 대통령 사진만큼이나 생뚱맞다. 정아도 잘 안다. 이 졸업 사진은 홀로 두 딸을 키워 낸 엄마의 훈장이므로 초상권 따위를 운운할 권리가 정아에겐 없다.

주방 쪽을 보니 허름한 싱크대 앞에서 엄마가 낑낑 갈비찜을 담아 내고 있다. 통통하고 구부정한 실루엣이 여전하다. 똑같네, 뭐. 간단한 진단을 마치는데 엄마가 이쪽으로 고개를 돌린다. 정아는 황급히 시선을 거두며 목소리를 낸다.

"엄마, 내 왔다."

"정아 왔나?"

"어."

좁은 거실은 음식이 차려진 다용도 테이블로 꽉 찼다. 정아는 귀퉁이에 앉으며 찬찬히 살핀다. 밥이 소복이 쌓여 있고 물김치는 큼직하게 썰려 있다. 휑한 중앙은 엄마가 담고 있는 갈비찜을 위한 자리다. 배가 고프진 않지만 맛있게 먹어야지, 의지를 다지며 물을 꿀꺽꿀꺽 마신다. 언니는 멀뚱히 티브이를 보고 있다. 야외에서 잠을 자는 버라이어티인데 볼륨을 줄였는데도 출연자들의 웃음소리가 거슬린다.

"어떻게 왔노? 일은?"

어느새 다가온 엄마가 갈비찜을 테이블에 올리고는 정아를 똑바로 본다.

"다 알아서 하지."

얼렁뚱땅 시선을 피하며 답한다. 원래 엄마의 눈을 제대로 못 봤던가? 이렇게 피하면 티가 나려나? 앞에 놓인 음식들이 고맙게도 도망친 시선이 머물 자리를 내준다.

"얼굴이 안 좋네."

역시 운 티가 난 모양이다.

"늦게까지 일해서."

"살살 해라, 살살."

그러다 몸 상한다, 익숙한 잔소리를 하며 바닥에 앉던 엄마가 인상을 쓴다. 또 허리가 쑤시나 보다.

"침을 맞아도 이라네."

정아는 습관적으로 내뱉던 병원에 가야지, 가 튀어나오려는 걸 막는다. 엄마는 병원에 갔다. 더 이상 엄마에게 책임을 떠넘길 수 없다. 임무를 완수한 엄마가 통증이 채 가시지 않은 얼굴로 입을 연다.

"바쁘담서 뭐 하러 왔노, 쉬지."

"자료 좀 챙기러."

모두 거짓은 아니다. 집에 있는 삽화집 몇 권이 아쉽던 터다. 엄마는 능숙한 젓가락질로 갈비찜의 뭉친 당면을 풀며 정아를 본다.

"요새도 다 그림 일이가?"

"그냥저냥."

"얼마 벌도 못하제?"

"와, 줄라고?"

"아니."

진지하게 거절하는 엄마의 얼굴이 웃겨서 정아는 웃는다. 그러자 마음이 녹으며 긴장이 풀려서, 웃음이 멈추었는데도 올라간 입꼬리를 내리지 않는다. 언니는 묵묵히 티브이에 시선을 던진 채 밥을 먹고 있다. 대화에 참여할 생각이 없어 보이는 그 모습은 요구했던 '평소대로'다. 하지만 숟가락을 쥔 손에는 땀이 흥건하다. 다한증인 언니는 온도와 상관없이 긴장을 하면 어김없이 손이 젖는다. 훔쳐본 걸 들키면 안 될 것 같아 정아는 먹는 일에 집중한다. 달짝한 간이 잘 밴 갈비는 부드러워서 몇 번 씹지도 않았는데 목구멍을 술술 넘어간다. 육즙이 남은 입안에 아삭한 대파를 집어넣으니 향긋하다. 쫀득쫀득한 당면 덕분에 식감도 풍성하다. 몇 번 씹지도 않았는데 다시 달짝한 갈비가 당긴다.

"맛있다."

"고기가 비싸서 그르타."

"그르네, 다르네."

"살만 먹지 말고 이래 뼈에 붙은 거를 먹어야지."

엄마는 시범을 보이며 쪽쪽, 힘줄을 떼 먹는다. 다른 손으로는 큼직한 뼈를 골라 정아의 밥 위에 올려 준다.

"내는 됐다."

"그래? 정미는?"

"내 도."

갈비뼈가 그릇에서 그릇으로 오간다. 쪽쪽, 쩝쩝. 세 모녀는 별말이 없다. 평소대로.

*

지저분한 공대 연구실에서 언니가 서류를 챙기고 있다. IT 육성 사업의 수혜를 받아 한창때에는 30~40명을 거뜬히 졸업시켰지만, 지원이 끊긴 지금 연구실에는 언니를 포함한 박사가 넷, 석사가 셋이다. 정아는 주인 없는 책상들을 둘러보며 괜스레 심란하다. 개화기 시절 대감 집이 이러지 않았을까 싶다. 박스째로 나뒹구는 논문 책자가 노비 문서와 겹쳐 보인다. 마침, 언니가 채비를 마쳤다.

"다 됐다."

그리 소중한 물건도 없어 보이는데 철저히 세콤을 작동시키며 연구실을 나온다. 언니 집은 걸어서 5분 거리다.

석사를 마치고 대기업에 취직했던 언니는 서울에서 정아와 2년을 함께 살았다. 당시 둘의 관계는 좋지 않았다. 화장실 휴지 거는 방식에서부터 과거의 잘잘못까지 촘촘하게도 다투었다. 모든 것이 이유가 되었고 또 생각해 보면 아무 이유가 없었다. 그러던 어느 날, 퇴근한 언니는 공부를 계속하고 싶다고 했고 그걸 막을 아무런 권리가 없던 정아는 응원해 주었다. 언니는 엄마의 바람이었던 그 대기업을 나오며 처음으로 반항을 한 셈인데, 그래서인지 부산에 내려와서 굳이 따로 집을 구했다. 이사는 엄마와 정아가 도왔다. 단출한 짐을 정리하고 중국집에 갔었는데 음식이 죄다 별로라며 엄마가 언짢아했다. 큰딸의 퇴사가 언짢음의 실체였건만 애꿎은 요리사만 뒷말을 들었다.

엄마의 폐 이야기는, 연구실을 나와 약국에 들러서 소화제를 사고 언니의 원룸에 도착하여 생수와 함께 들이킨 후에나 들을 수 있었다. 중간에 뭐라도 말해 보라고 다그치고 싶었지만 참기를 잘했다. 엄마의 검사 기록을 펼쳐 놓고 젖은 손을 닦는 언니를 보며 정아는 그 생각부터 했다.

"이게 종양이라는데, 너무 크잖아."

정말 그랬다. 모르는 사람이 봐도 문제가 있어 보이는 엑스레이다. 왼쪽 중앙에 하얗게 구멍이 뚫려 있다. 뭔가를 더 읽어 내려고 언니가 건넨 서류를 핥듯이 살펴보지만 휘갈겨 쓴 알파벳들을 해석해 내기엔 역부족이다.

"검사 기록 받자마자 희재한테 보여 줬는데,"

하고는 언니가 호흡을 고른다. 희재 언니는 의사인 언니 친구다. 정아는 우려했던 뒷말을 이미 들은 것만 같다.

"일주일 있어야 결과가 나온다며."

희재 언니는 소아과니 잘 몰라서 한 말일 거다. 듣지도 않은 결과를 부정하느라 마음이 다급하다.

"그 전에 예약해야지. 유명한 의사들은 몇 달씩 기다려야 된단다."

여전히 들뜬 언니의 목소리에 자책이 짙다. 지금 무슨 일이 벌어지고 있는지, 자신이 할 일은 뭔지, 모두 뿌연 채로 정아는 고개를 끄덕인다. 언니는 자기보다 똑똑하니까 언니의 선택을 따르는 게 나을 것이다. 하지만 함께 엑스레이를 들여다보는 언니도 흐리멍덩하기는 마찬가지다. 자매는 한시바삐 현명해지고 싶다는 마음으로 흑백사진에 매달린다.

올라오는 KTX에서 정아는 신기하게도 달게 잤다. 부산역에서 감은 눈이 서울역에서 번쩍 떠졌는데, 꽤나 개운했다. 기지개까지 길게 켜고 역사 밖으로 나오니 온통 어둠이다. 가게들도 불이 꺼져 으스스하다. 순식간에 움츠러든 정아는 황급히 흡연 구역으로 향했다.

구석에서 담배를 피우고 있으니 노숙을 하는 듯한 남자가 담배를 구걸하며 어슬렁거리는 게 보인다. 남자는 정장무리를 지나, 대학생으로 보이는 청년 앞에 선다. 선선히 담배를 건네는 청년에게 고맙다는 말도 없이 불도 내놓으란다. 훔쳐보던 정아는 자신이 대단한 피해라도 입은 양 불쾌감이 솟는다. 그 뻔뻔함을 견딜 수가 없다. 그러다가 문득, 저 남자의 폐가 엄마보다 깨끗하다면 절대 용서하지 않겠다는 결심이 밑도 끝도 없이 들어찬다. 엄마는 평생을 노동해 온 사람이고 저 남자는 구걸이나 하는 처지니 그래선 안 된다는 나름의 논리까지 세운다. 남자는 받아 든 담배를 몇 모금 빨다가, 침 바른 손가락으로 비벼 끄고는 어딘가로 가 버린다. 정아는 그 뒷덜미를 잡아다가 엑스레이라도 찍으러 갈 기세로 한참을 노려본다.

집으로 돌아와서는 바로 책상에 앉았다. 스케줄이 바뀌었으니 미리 작업을 해 둬야겠다. 출판사에서 받아 온 교구 삽화는 총 열두 컷이다. 타이틀 컷만 품이 들지, 나머지는 캐릭터 응용이라 간단하다. 타이틀 컷 배경부터 잡자. 구도를 슥슥 그려 넣는데 전화가 울린다. 대학 친구인 한주다. 생일이라 동아리 멤버들이 모였다며 정아를 초대했다. 그랬지, 한주 생일이 그의 기일 언저리였지. 근데 그가 한주를 몇 번 봤지? 얄궂게도 사귈 때는 언제나 뒷전이던 그가, 죽은 후에는 모든 것의 기준이 되었다. 그가 좋아하는 것, 싫어하는 것, 아는 것, 모르는 것. 다시 밀려드는 그와, 엄마 집에서 가져온 스산함이 양쪽에서 정아를 잡아끈다. 그 팽팽한 기세를 몰아내고 싶어서 정아는 한주에게 가겠다고 약속을 해 버렸다.

*

자주 모이던 학교 앞 술집에 빙 둘러앉은 무리가 보인다. 시끄러운 중에서도 제일 목소리가 큰 이는 동기인 창규다. 그

옆에서 고호민이 속없이 부추기고 있다. 정아는 주변 테이블에서 거슬려하는 걸 살피며 다가가 창규의 등짝을 친다.

"니 목소리 밖에서도 들려, 좀 낮춰."

"오우, 우리 정아도 오셨어."

귀퉁이에서는 고깔모자까지 쓴 한주가 벌건 얼굴로 통화를 하다가 정아를 보고 손을 휘젓는다. 마저 통화하라는 고갯짓을 하며 자리에 앉으니, 역시 얼굴이 벌건 상민 오빠와 은혜 언니가 이야기를 나누다가 정아를 반긴다.

"정아 진짜 오랜만이다."

"네, 그러게요."

"언제 보고 못 본 거야, 대체."

시간을 더듬어 올라가면, 장례식이 마지막이다. 그의 영정 사진에 절을 하던 은혜 언니의 옆얼굴이 또렷이 떠오른다. 은혜 언니도 같은 순간을 떠올렸는지 취기를 몰아내고 안쓰러운 미소를 띤다. 그리고 그 미소에, 정아는 급작스럽게 피곤해진다. 지금 왔지만 가고 싶다. 실제로도 그 전에 몇 번이나 모임에 나왔다가 도망치듯 귀가했었다. 한번은 한주에게 잡혀 이런 말을 들었다.

"너 변했어. 왜 사람을 피해?"

정아는 원래 자신이 어땠기에 변했다고 하는 건지 묻고 싶었다. 덧붙여, 사람을 피하는 게 아니라 관심이 없는 거라고 말해 주고 싶었다. 하지만 지금 은혜 언니를 보니 자기도 스스로를 오해했음을 깨닫는다. 사람에게 관심이 없어서 연락을 끊은 것이 아니다. 누굴 피하지도 관심이 없지도 않다. 단지 준비가 안 된 채 맞닥뜨리기가 불편할 뿐이다. 어떤 표정을 지어야 할지 도통 모르겠다. 불쌍한 편이 좋을까, 활기찬 편이 좋을까. 그래서 이렇게 대답을 기다리는 은혜 언니 앞에서 얼굴 근육을 어색하게 씰룩거리고만 있다. 누가 봐도 난처한 정아를 도우려고 고호민이 나선다.

"난 얘한테 맨날 뜯기잖아. 자주 봐서 좋을 게 없어."

"아, 너네 출판사 일 같이 하지?"

"내가 엄연한 클라이언트인데 말이야."

갑자기 창규가 끼어든다.

"정아 너, 우리 회사 취직이나 해. 형네 출판사 곧 망해. 보면 몰라?"

"나 게을러서 출퇴근 못 해. 알바나 있음 좀 주던가."

"그래? 우리 정아 돈이 궁해?"

"돈은 다 궁하지."

"그렇지."

"넌 연봉이 얼마나 되나?"

"나? 나보단 상민 형이 훨 세지. 형 연봉 이제 얼마야?"

창규는 어느샌가 잠든 상민 오빠를 흔들어 깨우고 있다.

순식간에 선배들의 연봉이 줄줄이 쏟아지며 활기를 띤다. 정아는 자신이 화제에서 내려온 것에 안도하며 청자의 자리에 재빨리 앉는다. 삼성과 엘지 등 대기업이 거론되다가 해외 기업으로 옮겨 가며 대화가 상승 곡선을 탄다. 어떤 선배가 억대 연봉자인지에 대한 주석도 깨알같이 달린다. 정아는 입을 헤 벌리고 새로운 세계에 귀를 연다. 그리고 그때, 통화를 마친 한주가 정아 팔짱을 끼며 옆에 앉는다.

"지금 그게 중요해?"

말투가 꼭 정아에게는 다른 중요한 것이 있다는 투여서 정아는 어리둥절하다. 한주는 보호자처럼 고호민과 창규를 단단히 쏘아본 후, 정아에게 속삭인다.

"불편하지. 나갈까?"

이제 막 재미있어지려던 참이다.

"나 지금 왔는데?"

"에이, 괜찮아."

한주는 아무렇게나 허락하며 정아를 잡아끈다. 정아는 뭐가 괜찮다는 거지? 속으로 구시렁거리면서도 순순히 따라나선다.

가게 밖으로 나와 가로등 아래에 선 한주는 처음에는 별말이 없었다. 정아는 한주가 뱉어 내는 담배 연기를 한동안 바라보다가 깜빡했던 축하를 건넨다.

"생일 축하해."

"앗, 감사."

내내 굳어 있던 한주가 활짝 웃는다. 폭 파이는 보조개가 애교스럽다.

"김정아 귀한 얼굴, 눈에 박아 가야지."

부담스러울 정도로 얼굴을 들이미는 한주는 제일 친했던 대학 동기다. 신입생 환영회 때 옆자리에 앉았는데, 모든 게 낯설고 어려운 터라 그 우연을 서로가 야무지게 움켜잡았다. 다음 날부터 함께 학관을 가고 수강 신청을 했다. 기숙사를 나와서는 한주의 오피스텔에 얹혀살기도 했다. 아르바이트로 정신없던 정아에게 숙식을 제공해 주고 학교 소식을 전해 준 은인이었다. 하지만 졸업 후에는 특별한 계기도 없이 만나는 횟수가 줄었고 나누는 일상도 적어졌다. 여느 단짝들처럼 일상의 부재를 관성적인 친밀감으로 메우려는 헛수고를 하던 중에 그가 죽었다. 어디서 들은 말로 성급하게 위로하려는 한주를 정아는 참아 줄 수가 없었고 둘은 더욱 멀어져 버렸다.

올 초, 빅뉴스라는 소문은 동기를 통해 들었다. 학교 디자인 센터에서 일하는 한주가 유부남인 선배 강사와 바람이 났다는 거다. 그 선배 강사 아내가 학교를 찾아와 난리였단다. 정확한 내막을 들으려고 말을 꺼냈던 동기는 정아가 몰랐다고 하자, 친구라고 감싼다며 나무랐다. 이후로도 몇 명에게나 비슷한 오해를 받았지만 정아는 억울하지 않았다. 실상이 궁금하지도 않았다. 다만 한주가 자신들의 가정을 파탄 내기라도 한 듯 유별나게 구는 동기들이 귀찮았다. 그리고 그 말조차 한주에게는 하지 않았다. 그랬다가는 한주가 속내를 털어 놓게 될 것인데, 그럼 정말 귀찮아질 것 같았기 때문이다. 잔인하게도 정아는 한주가 할 말 많은 예전의 표정을 보일 때마다 시선을 피해 왔다. 그러면 한주는 뾰로통하게 정아를 밀치곤 했다. 지금처럼.

"으이그, 김정아 정말."

"그래그래, 미안해."

편리하게 사과해 버린 후, 정아는 한주를 끌며 무리로 돌아왔다. 다행히 오늘도 무사히 넘겼다.

*

만난 지 일주일도 지나지 않아 언니에게 전화가 왔다. 아침 겸 점심으로 끓인 라면을 막 떠 넣던 정아는 울리는 전화기를 보면서 올 것이 왔구나, 생각했다. 입속에 있는 라면을 통째로 꿀꺽 삼키며 통화 버튼을 누르자 생각보다 건강한 언니의 목소리가 들린다.

"결과 받고 나오는 길이다."

"혼자?"

"어."

"뭐라대?"

"안 좋단다, 그게,"

하고 멈춘 언니는 한참이 지나서야 말을 이었다.

"수술되는 병원에서 조직 검사를 하는 게 좋단다. 서울로 갈 생각인데, 어떻노?"

"어. 그게 좋겠네."

"몇 군데 문의해 봤는데, 지금 예약해도 몇 달씩 걸린단다."

실용성을 중시하는 언니는 정아에게 단도직입적으로 요구한다.

"주변에 아는 사람 있나?"

알면 뭐가 다른데? 라고 되물으려던 정아는 무책임한 질문임을 깨닫고 책임감 있게 답한다.

"알아볼게. 누구든."

"나도 더 찾아볼게."

"예약이 빨리 잡히면 되는 거제?"

"어. 큰 병원 중에서."

전화를 끊고 휘젓던 라면을 잠시 보다가, 정아는 고개를 든다. 주방 나무 발 사이로 침대가 선명하게 보인다. 뭐지? 깜빡

깜빡, 눈을 몇 번 감았다가 뜬다. 역시 선명하다. 지금 막 들어찬 조급함과 두려움이 모든 것을 선명하게 만들고 있다. 한동안 잃었던 시력을 되찾은 것인데, 그게 놀라워 정아는 조금 어리둥절하다. 시력이라는 게 잃었다가 되찾기도 하는 거구나, 싶다.

그가 죽은 이후 기면증에 걸린 사람처럼 몇 달 동안 잠만 잤었다. 남겨진 시간을 흘려 버릴 기세로 지속되던 잠은 어느 순간 자연스레 줄어들었다. 하지만 긴 잠에서 깨어난 후엔 뭘 해도 얇은 막에 둘러싸인 듯 뿌연 기분이었다. 시력이 나빠진 것도 같아서 안과를 찾았더니, 맨 위 칸의 '4 C 그'가 희미했다. 안경을 맞춰야 한다고 해서 그런가 보다 했다. 안내받은 안경점에서 안경을 맞춰 끼고 오는 길에는 땅이 솟고 속이 울렁거렸다. 부담스럽도록 선명한 풍경이 공격적으로 몰려들어 몇 걸음 떼지도 않고 안경을 벗어 버렸다. 그다음엔 안경을 쓴 기억이 없다. 작업할 때가 문제인데, 코를 박고 들여다보는 방식으로 버티게 되었다.

그런데 지금 막, 널브러져 있던 눈의 근육이 제 역할을 시작했다. 분명 안과에 가면 '4 C 그'가 선명할 것이다. 안경을 꼈을 때처럼 집 안의 시각 정보들이 위협적으로 쨍하다. 벽에 걸린 포스터와 책꽂이의 활자들을 이리저리로 훑고 있는데 문자 알림이 뜬다. 언니다.

―병원 찾으면 문자로. 지금 수업 두 시간짜리

　두 시간 안에 병원을 찾으라는 얘기다. 정아는 열중하던 시력검사 놀이를 다급히 끝내고 핸드폰 주소록을 뒤진다. 의사 집안이 누구였더라, 따위는 중요하지 않다. 통화가 불편하지 않은 측근이 우선이다. 지난주에 보았던 동아리 멤버들을 훑으며 30~40분 핸드폰을 들고 있었더니, 희망적인 답이 돌아왔다. 창규의 고모가 대학 병원 수간호사라 예약이 쉬울 거라 했다. 한주 큰아버지가 개인 병원 원장이라고 해서 그쪽도 번호를 받아 두었다. 몇 명의 정보를 더 모아 언니에게 문자를 넣었다. 정확하게 두 시간 후, 강의를 마친 언니가 전화했다. 대학 병원 쪽이 좋을 것 같다고 한다.

　"전화해 둘까?"

　"아니, 만나 봐야지."

　"언제?"

　"지금 올라가면 6시에는 도착한다."

　"오늘 보자고?"

　"어. 니 시간 안 되면 내 혼자 갈게. 번호만 도."

　"아니, 시간 된다."

　급하게 챙긴다고 챙겼지만 부산에서 올라오는 언니보다 한 시간 빠른 정도다. 혹시나 언니가 헛걸음할까 싶어, 정아는 원무과를 찾아 수간호사를 먼저 만났다. 창규와 묘하게 닮은 수

간호사에게 조금 있다가 언니와 다시 오겠다, 말씀드리고 병원 앞으로 나왔다. 시키지도 않은 일을 알아서 해낸 스스로를 뿌듯해하며 티는 내지 말아야지 야무지게 다짐도 한다. 입구 도로에 꽉 들어찬 차들이 하나둘 헤드라이트를 켠다. 반짝반짝. 잠시 후에는 정아가 기대선 가로등에도 지지직 소리와 함께 불이 켜진다. 쓸데없이 아름다운 광경을 멍하니 보고 있는데 저 멀리 허둥거리며 언니가 온다.

다시 찾은 원무과에서 예약 날짜는 금요일로 잡혔다. 언니는 수간호사에게 감사하다는 말을 열 번 넘게 건넸다. 그 과장된 감사가 거슬려서 정아는 의도적으로 입을 닫고 있었다. 부산 병원에서 받아 온 자료들을 보는 수간호사의 얼굴이 빠르게 어두워졌지만 자매는 그 이유를 묻지 않았다. 그 자리에서 허락된 말은 종양이 악성이다, 허리와 목뼈 등에도 종양이 보인다, 정도뿐이었다. 암, 전이 등의 위험한 단어는 철저히 배제되었고 이를 수간호사도 지켜 주었다.

"정밀검사를 해 봐야 알겠네요."

그 전에 슬퍼하거나 좌절하지 말라는 거다. 희망을 함께 붙들어 쥔 자매는 면담을 마치고 병원을 나왔다.

"좋은 분이더라."

"어."

이제 언니의 얼굴은 타인에 대한 예의를 지우고 창백해져 있다. 병원 앞 도로는 그새 불어난 차들로 빽빽하다. 택시도 버스도 무리인 것 같고 지하철역은 멀다. 한두 시간 후에 이동하는 게 좋을 것 같아서 정아가 묻는다.

"어디, 밥이라도 먹을까?"

"내는 바로 내리갈라고."

"아, 같이 갈까?"

"아니. 목요일 밤에 느그 집에서 엄마랑 자자. 검사는 아침부터 하니까."

청소를 해 두라는 말이다.

"어."

언니는 발에 모터가 달린 듯 빠르게 걷고 있다. 지하철역까지 걸어갈 참인 것 같아서 군소리 없이 정아도 속도를 높인다. 혼잣말하듯 언니가 내뱉는다.

"엄마한테는 어떻게 말하노."

"어디까지 아는데?"

"이상하네, 정도지 뭐."

"더 알 필요는 없잖아."

언니의 굳은 얼굴에 정아는 자신의 말에 실수가 있었나 되짚어 본다. 생각해 보니 잔인한 것도 같다.

"엄마가 애는 아니잖아."

역시 언니에게도 그렇게 들렸다. 반박하고 싶지만 무엇에 대한 반박인지 대상을 찾을 수 없어 정아는 골똘히 생각한다. 앞서 걷는 언니를 따라잡기가 힘들다. 하아, 내뱉는 숨마다 입김이 인다.

서울역에서 언니는 뒤도 보지 않고 게이트로 들어갔다. 멀뚱히 그 자리에 서 있던 정아는 언니가 시야에서 사라지고 난 후, 이끌리듯 맥도날드로 향했다. 붐비는 매장의 구석 테이블에서 빅맥 세트를 깨끗이 비워 내고 나서야 자신이 얼마나 허기진 상태였는지를 알게 되었다. 입가심으로 아이스크림을 물고 나와서는 뭔가를 잃어버린 사람처럼 역사 안을 배회했다. 몇 바퀴 돌다가 다행히 삽화 일이 떠올라서 집으로 돌아왔다.

*

옷도 갈아입지 않고 책상 앞에 앉았다. 마감은 남았지만 내일모레까지는 끝내는 게 좋겠다. 유아용 교구의 한글판, 알파벳판을 넘겨 본다.

A is for Apple. 정아는 밑그림에 채색을 올리려다가 고호민의 주문, '무조건 긍정적이게'가 떠올라서 손발이 달린 사과에게 함박웃음을 그려 넣는다. 선을 긋는 동안이라도 잡생각을 떨쳐 버리고 싶은데 쉽지가 않다.

정아가 유치원에 간 건 모두 언니 덕이었다. 자세한 내막은 기억이 나지 않아서 언니의 주장을 사실로 믿고 있다. 유치원에 가지 못했던 언니는 친구들이 그렇게 부러웠단다. 그래서 아홉 살짜리가 동생은 유치원에 보내야겠다 결심했고, 처음으로 엄마에게 졸랐다. 자신의 것은 요구한 적이 없던 첫째를 엄마는 무시할 수 없었다. 그렇게 가족 구성원 중 유일하게 조기교육의 수혜를 입었지만, 정작 정아는 자신이 뭘 누리는지도 몰랐다. 그래서 그랬을 거다. 몰라서.

아침 식사 자리였다. 샛노랑유치원복에 모자까지 쓴 정아는 유치원에서 배운 걸 자랑하고 싶었다.

"엄마, 엄마가 영어로 뭐게?"

"뭐라?"

"엄마가 영어로 뭐냐고. 영어 말이다. 에이비씨디."

밥을 먹던 엄마는 멍한 얼굴이 되었는데 그 표정에 담긴 위축과 부끄러움과 난처함을, 유치원에 가고 싶었던 언니는 알고 있었다. 중학생 나이에 일터로 내몰린 엄마는 알파벳을 배울 기회가 없었을 것이다. 눈치 없는 막내는 아는 체를 계속했다.

"그것도 모르나. 마더다, 마더. 그라면 언니는 뭐게?"

노래처럼 질문하고는 밥을 떠서 입으로 나르는데 언니가 뒤통수를 가격했다. 정아의 입 앞까지 왔던 숟가락이 날아가며 밥알이 튀었다. 아파서라기보다, 샛노랑유치원복을 더럽혔다는 당혹감에 울었던 것 같다. 언니는 계속 때렸다. 정아는 도움을 구하며 엄마를 보았지만 엄마는 여전히 멍한 얼굴이었다. 그때만큼은 엄마가 언니의 폭력을 방관했다. 그다음 등원을 했는지 밥은 마저 먹었는지 유치원복은 빨았는지 따위는 기억나지 않는다. 또렷하게 남은 것은, 엄마는 영어를 모른다는 사실과 그런 엄마를 무시하면 혼난다는 교훈이었다. 마더도 모르는 엄마의 설움을 어린 언니는 알고 있었다. 정아만 몰랐다.

꾸역꾸역 작업을 마친 후 출판사를 찾았다. 고호민이 메일로 받아 보고는 수정 설명을 들으러 오라고 클라이언트답게 지시했기 때문이다. 출판사에 들어서니 고호민은 책 띠지에 스티커를 붙이느라 혼자 바쁘다.

"야야, 시간 없어, 너도 거들어."

"뭐야?"

"인쇄 사고. 작가 이름만 요 스티커로 덧붙여. 보이지? 자."

하고는 띠지와 스티커를 박스째 민다. 정아는 싫은 기색을 비치면서도 순순히 앞에 앉아 거든다.

"이래서 이름 있는 출판사랑 일하려는 거야."

"어. 맞아. 나도 가고 싶어."

고호민은 아무렇게나 동의하고서는 말을 잇는다.

"병원은 창규가 알아봐 줬다며?"

"응. 도움이 될 때가 다 있네."

"다행이다, 정말."

"뭐가."

"도움 받고 주고, 응? 위 아 더 월드, 인마."

정아는 한마디 쏘아붙이고 싶지만 할 말이 생각나지 않아 삼킨다. 고호민은 스티커 붙이는 속도를 줄이지도 않고 계속 말한다.

"너랑 통화하고 애들 전화가 오더라고."

말이 돌았다는 거다. 다수와 통화하기가 버거워, 전후 설명 없이 아는 병원 있느냐 물었었다. 고호민에게는 엄마의 엑스레이가 그로테스크하더라, 언니 땜에 숨 막힌다, 등의 쓸데없는 얘기도 덧붙였던 것 같다.

"우리 아버지 암이었던 거 알아?"

그랬던가. 고호민이 군대에 있을 때 돌아가셨다는 건 알지만 암이었던 건 몰랐다. 정아는 붙이려던 스티커를 든 채 묻는다.

"그랬어?"

"응."

그러니까 자기한테 의지해라, 이 뜻인가? 마음대로 해석하며 고호민을 슬쩍 보는데 마침 허리를 펴던 중이라 눈이 마주친다. 고호민이 해맑게 외친다.

"야, 동아리 삐라 만들던 생각나지 않냐?"

쓸데없이 밝은 표정에 정아는 바람이 빠진다.

스티커 수정은 한 시간이 넘어서야 끝이 났다. 마지막 박스를 테이핑할 때에는 먼저 온 퀵 기사가 재촉해서 정아도 마음을 졸였다. 정말 급했던 모양이다. 고호민은 담당자와 통화를 마치고는 소파에 널브러져 있다가, 일당이라며 봉투를 내밀었다. 알바비까지 쳐 주는 거였으면 더 열심히 할걸 그랬다. 곧장 받아 확인하니 액수가 너무 많다.

"뭐야?"

"작업 밀린 거. 고맙지?"

"이건 당연한 거고. 오늘 알바비는 땡이야?"

"너 순 썩었구나."

정아는 웃지도 않고 돈을 센다. 딱 백이십이다.

"두 달이 넘었는데, 이자도 없어?"

고호민은 억울한 얼굴로 말한다.

"이씨, 생각해서 사장한테 부탁했구만. 고맙다는 말도 없냐?"

"받을 돈 받는데 뭐가 고마워? 더 넣지도 않았구만."

"인마, 그 잡지사 인쇄비도 안 주고 날랐잖아. 돈 돌리기 빡셌다고."

"못 받는다고 안 주면 걔네랑 쌤쌤이지, 그게."

"줬잖아, 그니까."

"누가 뭐래?"

고호민은 눈매가 사납고 입도 걸어 싸가지 없다는 뒷말이 많았다. 사회성이 없는 건지, 그러면 멋있다고 생각하는 건지, 깐죽거리며 상대가 불편해할 말을 잘도 내뱉었다. 동아리에 들어왔다가 고호민에게 이년 저년 소리를 듣고 나간 여자 동기도 몇 있다. 다행히 일하면서는 언어가 순화되어 욕설은 거의 하지 않는다. 대신, 말을 하다가 이따금씩 어금니를 악무는 버릇이 생겼는데 술이 들어가면 심해진다.

같은 동아리 멤버인 은혜 언니와 사귀는 사이였는데 졸업한 이후 헤어졌다. 어쩌다 헤어졌는지는 당사자들 말고는 아는 바가 없다. 둘 다 모임에서 편한 모습이기에 나머지 멤버들도 그러려니 하는 분위기다. 그게 벌써 4년이 넘어간다.

그즈음, 정아는 고호민과 함께 화장품 브로셔 일을 했다. 회식 후에 거래처 여상무를 보내고 택시를 탔는데 고호민이 오래간만에 욕을 했다.

"씨발년."

정아는 그 대상이 조금 전까지 함께 있었던 여상무일 거라 생각하고 의아해했다. 여상무는 매너가 좋은 사람이었기 때문이다. 며칠이 지나서야 그 '씨발년'이 은혜 언니라는 것을 알게 되었다. 고호민과 베프였던 선배와 은혜 언니가 연애를 한다는 소문이 돌기 시작했고 함께 있는 모습을 봤다는 목격자들이 속출했다. 그 당시 술자리는 삼각관계의 추문으로 꽤나 시끄러웠다. 맞짱을 떴네, 고호민이 울었네, 은혜 언니가 양다리네, 등등. 아무튼 그게 고호민 입에서 들은 마지막 씨발년이었다.

부려 먹은 게 미안했는지, 바람이나 쐬겠다며 고호민도 함께 나왔다. 칼바람이 얼굴에 꽂히자 오들오들 파카를 여미며 난리다. 들어가라는데도 한사코 정류장까지 배웅하겠다며 고집을 부린다.

"어우, 궁상스러워."

"뭐?"

"오빠가 이러고 궁상이니까, 내가 일하고도 찜찜하잖아."

"인마, 그냥 감사합니다, 하는 거야."

"뭔 소리야?"

"오빠만 믿어. 젊어 고생은 너 사서 하는 거다?"

"누가 젊어? 서른이 넘었으면서."

"여자 나이 스물여덟이나 남자 나이 서른둘이나. 같지, 뭐."

"그러지 마. 짠해. 들이댈 게 성별밖에 없는 거 같잖아."

정아의 말에 반격하려고 힘을 주던 고호민은 금세 얼굴을 축 늘어뜨린다.

"이씨, 진짜 그러네."

정아는 말은 하지 않았지만 고맙다. 친구들에게 병원 문의를 한 것이 마음에 걸렸을 것이다. 돈을 챙겨 준 것도, 아버지 이야기를 꺼내 준 것도 고맙다고 생각하며 고호민의 등을 세게 친다. 무방비로 당한 고호민의 입에서 비명이 튀어나온다.

"악!"

차가운 겨울바람이 상쾌한 것도 같다.

3

삐—, 삐—.

정아는 현관 벨 소리에 깼다. 나가 보니 이미 택배 기사는
어디 가고 커다란 박스가 네 개나 쌓여 있다. 보낸 이, 산들건
강. 주문자는 언니일 것이다. 끙끙거리며 박스를 들여놓고 시
계를 보니 10시다. 평소보다 한참 이른 기상이지만 오늘은 다
시 잠들면 안 된다. 엄마와 언니가 방문하는 날이기 때문이
다. 청소를 해야 할 것 같은데 뭐부터 시작할까, 멍한 시선으
로 지저분한 원룸을 훑고 있을 때 전화가 왔다. 언니다.

"택배 도착했제?"

"어. 산들건강?"

"맞다. 열어 봤나?"

"아직. 열어 볼까?"

"어. 차가버섯 서른 팩, 야채수프 서른 팩. 개수 맞나 봐 봐."

"지금?"

"확인하고 문자 도."

"어. 이따 몇 시 차고?"

"5시 도착. 니는 나오지 마라."

"나갈라고. 별일도 없는데."

"그래라, 그럼. 문자 까먹지 말고."

"어."

전화를 끊고는 귀찮지만 박스를 열어 하나하나 팩의 개수를 센다. 영업 방침인지 한 팩씩이 더 들어 있어, 서른한 팩씩이다. 야채수프와 차가버섯이 폐암에 좋다고 인터넷에서 본 것 같은데 언니는 발 빠르게 주문을 완료했다.

인터넷 쇼핑을 하나 하더라도 정아는 처음 본 사이트에서 쉽게 구입을 해 버리는 반면 언니는 모든 사이트를 뒤져 최저가를 저울질했다. 거기다가 배송비와 쿠폰 같은 변수까지 끼어들어, 정아 눈에 그 최저가 찾기는 고난이도 수학 문제를 푸는 것처럼 어렵게만 보였다. 휴지나 스카프를 사는 데에도 그런 품을 들이던 언니가 '엄마의 건강'이라는 새로운 기준에 맞춰 어디까지 고려했을지 정아로서는 엄두도 나지 않는다. 원재료의 신선도나 검증된 제작 공정, 사용 후기까지 꼼꼼히 살폈을 것이다. 배송 속도도 빠뜨렸을 리 없다.

그렇게 언니의 주문 과정을 상상하며 덤의 수까지 세세하게 문자로 보고하고 나니 갑자기 피로가 몰려온다. 택배 확인을 했을 뿐 청소는 시작도 못 했는데 피로라니. 자신의 비효율에 답답함을 느끼며 정아는 창문을 열고 담배에 불을 붙인다. 띠링, 이런 정아를 책망하듯 문자가 울린다.

—식당 예약 조용한 곳으로 한식이나 일식

담배가 타들어 가는 동안 한 모금도 빨지 않고 문자에 시선을 고정한 정아는, 지금 감정이 상하는 중이다. 야채수프건 차가버섯이건 청소건 식당 예약이건, 모두 옳다. 그렇다고 치자. 하지만 이 옳은 결정을 내리기 전에 상의할 수는 없는 걸까? 상의가 힘들다면 부탁 정도는 가능하지 않을까? 매번 한 자도 낭비하지 않겠다는 듯 지시형이다.

"식당 예약 조용한 곳으로 한식이나 일식."

군더더기 없이 배치된 글자를 한 음절씩 중얼거리다 보니 속에서부터 열이 오른다. 지가 엄마한테 물어는 봤나? 일일이 물어보고 지시하는 것일까? 그럴 리 없다. 언니도 엄마의 필요와 취향을 예견하는 것뿐이다. 언니의 지시가 곧 엄마의 말씀이라는 공식은 예전에 깨졌다. 어릴 때 밥상머리에서처럼 맞고만 있기에는 정아도 아는 게 많아져 버렸다.

"그래서, 뭐?"

언니는 이렇게 반격할 것이다. 정아는 그, '뭐'가 없어서 번번이 진다. 목적도 대안도 없이 그냥 싫다는 거다. 딴지를 걸고 비아냥거리고 싶다는 거다. 몇 모금 빨지도 않았는데 필터가 드러난 담배를 비벼 끄면서는 다행히 정신이 좀 든다. 그래, 어리광은 이쯤 해 두자.

*

게이트 앞에 선 정아의 눈에 짐을 바리바리 든 언니가 먼저 들어온다. 손을 흔들어 인사를 나눈 후 엄마를 찾다가 작고 구부정한 모습에 놀랐다. 밖에서 엄마를 본 적이 없어 새삼스럽다. 자신보다 작다는 건 알고 있었지만 이렇게까지 눈높이가 다른 줄은 몰랐다. 엄마도 웬 짐이 많다.

"어디로 가면 되노?"

언니의 질문에, 정아가 엄마의 짐을 받아 들며 답한다.

"집 근처. 엄마, 장어 괜찮나?"

청소 후 빠르게 서치해서 얻어 낸 결과물이 장어집이었다. 꽤나 평이 좋은 곳이라 비싸지만 예약해 뒀다.

"뭐든, 다 먹지 왜."

답하는 엄마의 얼굴 근육이 처음 보는 모양을 만들고 있다. 익숙하지 않은 배치다. 눈치를 보는 것도 같고 숨기는 게 있는 것도 같다. 그 분위기가 엄마와 전혀 어울리지 않는다고 생각하며 정아는 황급히 눈길을 거둔다. 이유를 알 수는 없지만 지금 엄마의 얼굴을 보는 건 잔인한 짓 같다. 거둔 시선을 아무렇게나 던지며, 서울역을 걸어 나온다.

밤낮을 가리지 않고 시끄러운 골목을 지나 작은 장어집으로 정아가 먼저 들어간다. 예약씩이나 한 적이 별로 없어서 다가온 직원의 물음에 우물거리며 답한다.

"김정아요, 세 명이요."

"네, 이리 오세요."

작은 다다미방으로 안내된 세 모녀는 주문을 받아 든 직원이 무릎걸음으로 나가자 그제야 한숨을 돌린다. 가격표가 불만이던 엄마가 먼저 입을 연다.

"이래 비싼 데를 왔노, 왜. 집에서 해 먹어도 될 거를."

"내 작업료 왕창 받아서 돈 많다."

정아의 대답이 언니의 마음에 들었는지 웃으며 거든다.

"정아 덕에 이런 데도 와 보고 좋잖아."

"엄마, 언제 서울 왔었지?"

하다가 기억이 없음에 놀라 스스로 답한다.

"설마, 처음이가?"

"옛날에 와 봤지, 왜. 삼촌 아들 결혼식 때도 오고."

"내 대학 오곤 처음이잖아. 언니 회사 다닐 때도 안 오고.

맞제?"

정아는 놀라서 눈짓으로 언니에게 확인한다.

"맞네. 10년은 안 온 거네, 그자?"

"와, 너무한다. 왜 섭섭하지?"

"섭섭하긴 뭐 섭섭해? 니가 자주 오니까 그르치."

"엄마, 내 자주 안 가잖아. 게을러서."

"것도 글네."

하고 배시시 엄마가 웃는다. 그 웃음이 고마워서 정아는 뿌듯할 지경이다. 언니도 기분이 좋아 보인다. 하지만 밝은 세 모녀 사이의 공기는 어느 때보다 날카롭다. 자매는 언제나 뒷전이던 엄마를 모시기가 어색하고, 엄마도 딸들이 앉혀 놓은 상전 자리가 영 마뜩잖다.

장어집 바로 앞이 다니던 학교 후문이라, 정아는 학교 구경을 시켜 주고 집으로 갈 계획이었다. 하지만 밖으로 나오니 생각보다 공기가 차다. 엄마가 옷깃을 여미며 눈을 동그랗게 뜬다.

"날씨가 와 이라노?"

"원래 이렇다."

정아는 진지한 얼굴로 서울의 추위는 부산이랑은 차원이 다르다며 자기가 이렇게 힘들게 타지 생활을 한다, 농을 길게 이었다. 집 방향을 아는 언니가 후문으로 향하는 정아의 뒷덜미를 잡았다.

"바로 집으로 가자."

아쉬운 마음에 근처 빵집에 들러 빵 몇 개를 사고서야 빌라에 들어선다. 얼마 전에 고장 난 센서 등이 지지직거리다가 아예 꺼져 버린다. 엄마를 돌아보니 역시 걱정스러운 눈으로 복도를 살피고 있다. 성공까지는 아니더라도 깨끗하게 잘사는 모습을 보여 주고 싶었는데 센서 등 때문에 망친 기분이다. 어떻게든 만회해 보려고 집 안에 들어와서는 차와 빵을 플레이팅하며 혼자 분주하다. 언니가 그냥 앉으라고 주의를 줬음에도 그럴 수가 없다. 처음 맞는 집들이를 잘해 내고 싶어 기껏 치운 테이블을 다시 가득 채운다. 누구도 원하지 않는 배경음악까지 깔고서야 엄마 앞에 앉았다.

"엄마, 이게 내가 제일 좋아하는 거다, 먹어 봐 봐."

정아는 깜빠뉴 조각 하나를 엄마 입에 넣어 준다. 엄마가 조금 우물거리다가 말한다.

"아무 맛도 없구만."

"응. 그게 맛있더라고."

그렇게 무맛의 빵을 질겅이며 한담을 주고받았다. 집세는 얼마냐, 밥은 우째 먹냐, 뚝뚝 대화가 끊어져 어색할 때마다 정아는 깜빠뉴의 호두를 뜯어냈다. 잠시 후, 엄마가 하품을 한다. 잘 준비를 하라는 거다. 정리하다 보니, 뜯어낸 호두만 한주먹이다. 단골 빵집의 후한 인심에 만족하며 정아는 침대를 언니와 엄마에게 내주고 소파에 담요를 깔았다. 배경음악이 사라진 자리에는 적막이 무겁다. 불까지 껐더니 더욱 낯설다. 창밖의 불빛이라도 남기려고 커튼은 닫지 않았다. 정아가 누우며 입을 연다.

"잘 자라."

"어. 니도 잘 자라."

"엄마도 잘 자리."

"그래, 느그도."

서로가 서로에게 정성껏 인사를 하고 나서 핸드폰을 확인하니 아직 9시도 되지 않았다. 이 시간에 자다니. 나가서 담배나 한 대 피우고 올까 생각도 했지만 개별 활동을 해선 안 될 것 같아서 참는다. 숨소리가 규칙적이지 않은 것으로 봐서 엄마도 언니도 잠들지 못하는 것 같다. 정아는 어둠 속에서 생각 자체를 몰아내기 위해 생각 중이다. 내일의 일정도, 불쌍한 엄마도, 자신의 처지도, 떠난 그도. 지금은 어느 것도 떠올려서는 안 된다. 들숨과 날숨에 집중하자. 깊게 들이쉬고 길게 내쉰다. 언니와 엄마에게 잠든 척을 하려고 호흡을 꾸미다 보니 정아는 어느새 잠들어 있었다.

2부

4

지난번 방문 때도 느꼈지만 이곳 병원에는 특이한 알코올 냄새가 난다. 시원한 듯 달달한 그 냄새 때문에 두통이 올 지경이다. 다른 병원도 이런지는 모르겠다. 엄마도 언니도 정아 자신도 병원에 다니는 부류가 아니다.

아침부터 부지런히 움직였지만 영상의학과 대기실의 줄은 끝이 없을 것같이 길다. 나란히 앉아 기다리던 세 모녀는 수법을 바꾸기로 한다. 엄마와 언니는 배정받은 병실로 올라가 짐을 풀고 정아가 대표로 기다리다가 화면에 '박선희' 이름이 뜨면 연락하자는 것이다. 담당 직원이 그 타이밍을 전화로 알려 줄 수도 있을 텐데 그런 친절은 기대해서는 안 된다. 환자 우선이 아닌, 의료진 우선의 방침 때문에 정아는 아까부터 목구멍이 턱턱 막혀 온다. 그렇다고 군소리를 할 수도 없다. 성격대로 따져 물었다가는 그 피해가 자신이 아닌 엄마에게 돌아갈 것이기 때문이다. 억울하고 분한 정아는 병원에 온 지 불과 세 시간 만에, 입구에서 봤던 누가 죽을병인가 보다 싶은 사람과 똑같은 얼굴이 된다. 거울을 봤더라면 스스로도 놀랐을 것이다.

길고 긴 대기가 끝나고 드디어 엄마가 CT 촬영을 하러 들어갔다. 함께 들어가던 언니는 정아에게 병실 짐을 지키도록 지시했다. 좀 있으면 식사 시간이니 식사도 받아 두라고 덧붙였다. 정아는 엘리베이터를 타고 복도를 걸으며 많지도 않은 할 일을 잊을까, 마음에 다진다. 병실 앞에는 발 빠른 조무사가 그새 이름표를 채워 주었다. '박선희 53'. 자신의 나이 28 더하기 25는 53. 의미 없는 산수 풀이를 마치고서야 안으로 들어간다.

6인실은 생각했던 것보다 작다. 중앙 통로 벽에 걸린 티브이에서 조개를 따러 간 리포터가 비명을 지르듯 콧소리를 내고 있어 공간이 더욱 답답하게 느껴진다. 정아는 볼륨을 줄이려고 리모컨을 찾다가 이내 포기한다. 칸칸이 쳐진 커튼을 걸어 볼 엄두가 나지 않기 때문이다. 엄마의 이름표가 붙은 침대에 멀뚱히 앉아 있었더니 배식이 들어온다. 입구 침대에서부터 척 주면 탁 받는다. 식당 직원도 보호자도 주고받는 폼이 능숙하다. 저걸 배워야겠다 싶어 정아는 침을 꿀깍 삼키며 눈으로 동작을 익힌다. 침대 위 보조 선반을 펼쳐야 받은 배식판을 올릴 수 있는데 조작법을 모르겠다. 이제 다음이 순번이라 낑낑거리며 보조 선반을 힘으로 누르고 있었더니 다가온 직원이 묻는다.

"여기 환자 드려요?"

"네, 이제 오실 거예요."

대답을 들은 직원은 확실하고 깔끔한 손놀림으로 침대 옆 버튼을 누른다.

"여기 누르시면 돼요."

"아, 감사합니다."

친절한 직원은 식판을 올려 주고 떠난다. 정아는 엄마가 먹게 될 음식을 눈으로 살핀다. 된장국에, 흰밥에, 뚜껑 덮인 반찬이 세 개다. 주변을 둘러보니 햄과 나물인 듯하다. 시선을 든 김에 환자의 면면을 살핀다. 배식을 받으며 연 커튼을 먹는 동안은 닫지 않는 모양이다. 엄마 양쪽으로는 할머니들이다. 오른쪽 분은 산소호흡기를 달았고 왼쪽 분은 건강해 보인다. 바로 앞은 자신 또래로 보이고 그 양옆으로는 엄마 나이대의 아줌마들이다. 우물우물 식판의 음식을 입으로 가져다 나르는 모습이 제각각이다. 다시 시선을 엄마의 배식판으로 옮긴 정아는 별 이유도 없이 검지 끝으로 수저의 높낮이를 맞추고 있다. 전혀 맛있어 보이지 않는 음식들이 식어 버리기 전에 엄마가 어서 와서 먹었으면 좋겠다.

*

침대에 붙은 '박선희 검진표'는 엄마가 대학 병원에 입원한 지 열흘이 지나 12월 9일이 되었음을 알려 준다. 이곳에서는 열흘 만에 베테랑이 될 수 있다. 이제 정아는 냉장고 안에서 어느 구역까지를 이용해야 하는지, 공용 전자레인지는 언제가 여유로운지, 링거대를 밀며 이용할 화장실은 어디가 편리한지 등등을 꿰뚫고 있다. 의사들의 회진 시간과 티브이 리모컨 엄수 사항은 말할 것도 없다.

정아는 오늘도 6시에 눈을 떴다. 보조 침대에서는 알람을 맞추지 않아도 칼 기상이 가능하다. 간호사가 링거를 갈고 혈압을 재고 가면 세안 시간이다. 순면감촉 물티슈로 엄마의 얼굴을 닦아 주고 준비해 온 칫솔을 물려 준다. 세면대도 못 갈 정도로 중증은 아니지만 며칠 전, 링거 줄이 꼬여 엄마의 손목이 퉁퉁 부은 후로는 침대에서 처리하기로 합의를 봤다. 정아는 빈 통에 엄마의 가글 물을 받아 내고 입가를 다시 닦아 준다. 최대한 천천히 이 순서를 지키는데, 이때만큼은 자신이 보호자 같아서 꽤나 즐겁다. 엄마 집에서 가져온 한방 영양

크림도 발라 준다. 처음에는 모르는 브랜드라 싸구려인 줄 알고 속이 상했는데, 여유분을 사려고 검색했더니 정아가 쓰는 화장품의 몇 배 가격이었다. 엄마는 비싼 화장품을 쓰는구나, 그 사실만으로 기분이 좋아진 정아는 언니가 다른 걸 주문할까 봐 다급하게 여러 개를 구입했다. 얼굴과 목뿐 아니라 손과 발에도 듬뿍듬뿍 발라 준다. 덕분에 정아네 자리에는 한약 냄새가 종일 난다. 어설픈 치장이 끝나면 엄마는 다시 잔다. 누적된 피로 때문인지 병원의 음기 때문인지 엄마는 부쩍 잠이 늘었다. 오늘도 아침을 먹고는 잠들었다. 정아는 어느새 애청자가 된 드라마를 보는 중이다.

"입을 꼬매야지, 저걸 듣고 있어?"

"저 아짐은 모르잖아요, 아직."

환자 아줌마들의 추임새에 흥이 돋는다. 이번에도 사악한 여주인공은 위기를 모면했다. 엔딩크레디트와 함께 다음 주 예고가 나오는데 성질 급한 최고참 할머니가 썩을 년 죽일 년, 욕을 하며 채널을 돌려 버린다. 내일 꼭 봐야지.

생수를 받아 두려고 물병을 들고 복도로 나오니 언제 놓았는지 작은 트리가 눈에 들어온다. 반짝거리는 싸구려 별 장식과 구슬들이 번지수를 잘못 찾은 듯 난처한 모습이다. 그 어울리지 않는 배치를 바라보며 정수기 앞에 섰는데, 옆 병실에서 의사 군단이 우르르 줄지어 나온다. 어라? 정아는 하마터면 물병을 놓칠 뻔했다. 오늘은 웬일로 회진이 빠르다. 다급하게 의사 무리를 따라 병실로 들어온 정아는 잠든 엄마를 작게 흔들어 깨운다. 부스스 눈을 뜬 엄마 옆에 선 정아는, 병실의 공기가 이토록 빠르게 바뀐 것을 기이하게 여기고 있다. 최고참 할머니는 어느샌가 티브이를 끄고 반듯하게 침대에 앉아 있다. 경건한 병자들이 만들어 내는 풍경은 종교적이기까지 하다. 가장 나이 든 의사가 엄마 앞에 선다.

"박선희 님, 오늘은 어떠세요?"

"뭐, 괜찮네요."

"불편한 곳 없으시죠?"

"네."

하나 마나 한 질문에 답하는 엄마는 수줍은 소녀 같은 얼굴이다. 의사 앞에서는 늘 이러는데, 처음에는 그 모습이 귀여워서 속으로 킥킥거렸지만 익숙해지고 보니 조금 짠한 구석이 있다. 멍하니 엄마를 내려다보는 정아에게 담당 여의사가 말을 건다.

"잠깐 나가실까요?"

*

폐 수술 날짜를 기다리고 있었으므로 그 이야기를 듣게

될 줄 알았다. 정아는 받게 될 날짜를 메모하려고 핸드폰을 꼭 쥐고 복도로 나왔다.

"검사 결과가 나왔는데, 수술은 힘들 것 같아요."

"네?"

"말해 뒀으니 오늘 내과로 이동하세요."

"그게 무슨……."

"오후에 병실을 옮기면 됩니다."

여의사가 뱉은 말은 한국어가 분명한데도 전혀 알아들을 수가 없다. 정아는 멍청한 얼굴로 멍청하게 되묻는다.

"병실을 옮기나요?"

"네, 내과로요."

"그게 결과가 나왔다는 게, 안 좋나요?"

정아는 까닭 모를 추락하는 느낌에, 뭐라도 쥐어 볼 심산으로 여의사의 눈을 간절히 본다. 조금 더 설명해 달라, 그게 뭐든.

"내과에 가시면 설명해 드릴 겁니다."

의사 군단이 우르르 다음 병실로 들어가고 있다. 여의사는 간단한 목 인사를 하고는 무리에 섞인다. 저기요, 그 자리에 못 박힌 정아는 시선으로 여의사의 가운을 잡고 늘어진다. 그럼 지난주에는 우리 엄마한테 왜 그렇게 말했는데요? 폐는 반 이상을 잘라 내도 사는 데 아무 문제없다, 당신이 그랬잖아요. 그 말에 우리가 아무리 걱정 말라고 해도 겁내던 엄마가, 의사가 괜찮다니 그런가 보다 했는데, 덩달아 우리도 괜찮나 보다 했는데. 이제 와서 갑자기 수술을 못 한다고 하면, 내과로 가라고 하면, 어쩌라고요. 책임을 져야죠. 우리 엄마한테 그렇게 말한 책임을 져야죠. 못 해도 해 주세요. 수술해 준다고 했으니까 해 주세요. 그러려고 우리 엄마가 서울에 온 거잖아요. 해 주세요, 선생님. 문장이 불어날수록 정아의 얼굴은 점점 일그러지고, 저도 몰래 쥔 트리의 별도 일그러진다. 지나가던 간호사가 한마디 한다.

"만지지 마세요."

덕분에 정신을 차린 정아는 별에서 손을 떼고 핸드폰을 든다. 이러고 있을 때가 아니다.

상황을 전해 들은 언니가 찌르듯이 묻는다.

"수술을 왜 못 한다는데?"

"몰라, 내과로 가란다. 가면 알려 준단다."

그리고 잠시, 그 의미를 생각하는 것이 분명한 정적이 흐른다.

"교수님 뵙고 바로 갈게. 오후엔 도착할 거다."

"어. 병실 옮겨 둘게."

"정아야."

"어?"

"괜찮을 거다."

"그자."

놀랍게도 언니의 그 말 덕분에 정아는 괜찮아졌다. 수술하지도 못할 정도로 나쁘다는 엄마의 상태가 나아진 것도 뭣도 아니었지만, 통화를 마친 정아는 한결 나아진 상태로 병실로 돌아갈 수 있었다.

여의사와 나갔던 둘째 딸이 생각보다 늦게 돌아오자, 엄마는 뭐라도 들으려고 상체를 세웠다. 정아는 스스로도 깜빡 속을 만큼 밝게, 별일 아니라는 투로 병실을 옮길 거라고 말했다.

"병실은 와 옮기는데?"

엄마의 질문에 정아는 대답을 할 수가 없다. 하기 싫어서가 아니다.

"가 보면 안다는데?"

"뭣이 안 좋다나?"

"아니, 그런 거 아니고."

"그라면 와?"

"몰라, 나도."

딱히 거짓말도 아닌데 정아는 엄마의 눈을 피하며 짐을 정리한다. 반찬 통들, 즙들, 옷 무더기 등등 그새 불어난 짐이 한가득이다. 몇 번에 나눠 옮겨야겠다.

점심 식사를 마치고 남은 짐을 싸는데 조무사가 병실이 비었다고 알려 주었다. 정아는 엄마와 함께 병실을 나서려다가 귓속말로 묻는다.

"인사하고 갈래?"

　엄마는 관계에 대해 나름의 기준이 있는 사람이다. 타인의 집을 방문하거나 맞이할 때의 도리를 자매에게 따끔하게 일렀다. 정아는 교육받은 대로 질문한 것인데 엄마는 어리둥절한 얼굴이다. 이곳 사람과는 오면 온다, 가면 간다, 인사할 사이가 아니라는 거다. 정아는 새롭게 배운 병실 이별 수칙을 단단히 새기며 복도로 나온다.

　조무사가 알려 준 8층 내과 병동은, 정확하게 말해 암 병동은, 복도에서부터 그 공기가 다르다. 몇 층 차이로 이렇게 죽음에 가까울 수 있다는 사실에 놀라며 정아는 엄마를 살핀다. 엄마도 걸음을 옮길 생각을 하지 못한 채 눈앞에 펼쳐진 풍경의 정보를 모으고 있다.

　입구의 얇은 비닐 커튼 안으로 들여다보이는 사람들은 대부분이 모자를 쓰고 있거나 대머리다. 뼈마디가 불거진 앙상한 몸은 성별을 분간할 수 없을 정도로 처참하다. 몇몇은 산소호흡기를 단 채고 몇몇은 멍하니 천장만 바라보고 있다. 급작스러운 시각적 충격에, 정아는 즐겨 보던 호러 영화의 엑스트라들을 떠올린다. 현실감이 없다. 이곳은, 그래 이곳에는 티브이조차 죽어 까만 채다. 그때 눈이 퀭한 환자가 링거대로 비닐 커튼을 밀며 정아를 스쳤는데 그제야 정신이 들어 빈 침대를 찾는다.

"엄마, 저기다."

따라오는 엄마는 대답이 없다. 안으로 들어서니, 씩, 씩, 부글부글, 씩, 씩, 각자의 기계가 내는 소리로 꽤나 시끄럽다. 소리들이 하나같이 신경을 긁어서 어지러울 지경이다. 정아는 자신의 목소리가 병실의 소음에 묻히지 않도록 힘주어 뱉는다.

"남은 짐 가지고 올게, 잠시만 있어라."

엄마는 굳은 얼굴로 고개만 끄덕, 긍정의 뜻을 비친다.

도망치듯 암 병동을 나와 남은 짐을 챙기고 데스크로 가니, 간호사가 서류를 보여 주며 원무과에 가서 수속을 다시 밟아야 한다고 알려 준다. 정아는 조급한 마음에 울상이 된다. 엄마를 거기 혼자 두면 안 될 것 같다. 원무과 대기 줄에 서 있는데 머리가 뜨겁다. 누구라도 붙잡고 대신 수속을 밟아 달라고 부탁하고 싶다. 그때 구원과도 같이 언니에게서 전화가 온다.

"내 버스 내렸다. 새 병실 몇 혼데?"

정아는 울지 않으려고 노력하며 말한다.

"801호. 언니야, 얼마나 걸리노?"

"10분 안에 도착하는데, 왜? 뭐 사 갈까?"

"아니 아니, 위에 무서운데 엄마 혼자 있다. 내는 원무과."

엄마가 혼자 있다는 말을 할 때 목소리가 떨렸다. 상황을 감지한 언니가 단단하게 답한다.

"어. 바로 갈게."

끊어진 핸드폰을 바라보니 그제야 숨쉬기가 좀 편하다. 조금 전까지 숨이 제대로 안 쉬어졌다는 것도 몰랐다. 형식적인 입원 수속은 20분이나 더 걸려서야 끝났다. 입원비를 지급하고 등록을 마친 후, 엘리베이터 앞에 서니 핸드폰이 울린다. 언니다. 조금은 밝아진 목소리로 정아가 먼저 말한다.

"어, 내 이제 끝났다. 올라갈게."

"아니, 우리 병실 옮겼다."

"어?"

"엄마가 못 있겠다고 해서 그 아래 7층으로 옮겼다. 703호로 온나."

정아가 뭔가를 더 물으려는데, 통화는 이미 끊어졌다. 그리고 띵, 바로 앞 엘리베이터 문이 열리며 사람들이 쏟아져 내린다. 타려는 사람, 내리려는 사람 사이에 끼어 버린 정아는 가까스로 걸음을 옮겨 로비 중앙에 놓인 대형 트리 앞에 선다.

그래, 다행이다. 다행인 거다. 더 이상은 괴기스러운 암 병동에 가지 않아도 된다. 그런데, 분명 다행인 건 맞는데, 지금 가슴속에서는 두더지잡기게임처럼 뜨겁고 차갑고 이상한 감정들이 무작위로 튕겨 올라 무슨 감정을 느껴야 하는 건지 선택할 수가 없다. 언니가 와서 잘 해결되었다는 안도와, 왜 엄마는 자신에게는 별말 없다가 언니에게 부탁했을까 싶은 섭섭함과, 자신은 열심히 해도 안 되는 건가 하는 서러움과, 이딴 생각이나 하고 있는 스스로에 대한 익숙한 혐오가 한꺼번에 뒤엉키고 있다. 그 아래에는 공포스러웠던 암 병동의 시각 정보가 부글부글 끓어오르고 있다. 저 엘리베이터를 탔어야 했는데, 라는 논리적인 생각은 감정의 오작동으로 구석 어딘가에 처박혀 버린다. 이제 이성의 영역까지 차지하게 된 감정들은 서로 얽히고설키며 낯선 욕망으로 응축된다. 그 결과로 정아는 분명한 충동을 느낀다. 눈앞에 놓인 트리의 별과 방울을 모두 뜯어 던지고 싶다. 그 기운이 스스로도 버거워 다리가 떨린다. 정아는 천천히 벤치로 걸어가 앉는다. 잠시 있다가 올라가야겠다. 10분 정도 휴식은 정당하다.

5

진료실에 나란히 앉은 정아와 언니는 엄마의 CT 사진을
보고 있다. 계속되던 검사가 헛짓이 아님을 증명하듯 늘어놓
은 사진은 여러 장이다. 폐 왼쪽에는 까맣게 구멍 난 자리가
보이고 그 구멍은 허리와 목뼈에도 붙어 있다. 가장 심각해
보이는 게 허리 쪽인데, 까만 구멍이 점령한 뼈는 거의 형체도
없다. 오래된 허리 통증의 진범이 밝혀지는 순간이지만, 전혀
반갑지가 않다.

'내과의 박찬영'이라는 명찰을 단 40대 의사가 차가운 목
소리로 설명 중이다. 자매는 눈으로는 사진을, 귀로는 목소리
를 바삐 좇는다.

"전이된 상태가 심해서 방사선 치료가 급해요. 허리 쪽부

터 시작하는 게 좋겠네요."

이곳 대학 병원에 온 지 어느덧 3주가 흘렀지만 자매는 정확한 엄마의 병명을 묻지도 듣지도 못한 채다.

"저희가 여기 온 건 수술을 하고 싶어서였거든요."

외과에서 거부당했던 세 모녀의 목적을, 언니가 대표로 꺼낸다. 의사는 별 이상한 이야기를 다 듣겠다는 얼굴이다.

"수술은 힘듭니다. 개복할 수 없는 상태라고 외과에서도 판단했고요."

"그 말씀은…… 저희 어머니 상태가, 어떤 상태라는 거죠?"

질문하는 언니와 함께 정아도 금기어인 그 단어를 들을 준비를 하고 있다.

"폐암 말기입니다. 외과에서 말 안 했나요?"

에두르고 피하던 그 단어를 똑똑히 듣고 나니 이상하게 청량감마저 느껴진다. 자신이 뭘 해냈는지 모르는 의사는 건조하게 말을 이었다.

"뼈 전이가 심해서 방사선 치료를 먼저 하시는 게 좋습니다."

"그러니까 말기라면,"

질문하던 언니는 스스로 뭔가를 깨닫고는 멍한 얼굴이 된다. 말을 멈춘 언니의 뒤를 의사가 이어 준다.

"항암을 해 보실 수는 있습니다. 신약을 써 볼 수도 있고

요."

"아무 치료도 안 하면 어떻게 되는데요?"

그렇게 언니가 홀로 전투를 치르는 동안 정아는 잠자코 숨을 죽인다. 의사는 난처한 눈빛으로 자매를 번갈아 보다가 천천히 입을 연다.

"정확하게는 알 수 없지만……."

의사는 처음으로 말끝을 흐리며 엄마의 CT 사진을 다시 본다. 그러곤 입술을 몇 번 달싹이며 단어를 고르다가 말한다.

"3~4개월 정도 예상합니다."

3~4개월? 그 놀라운 정보에 언니는 뺨이라도 맞은 듯한 얼굴이 된다. 실제로 목에서부터 벌겋게 열이 오르고 동공이 이리저리로 휘청이더니, 갑자기 눈을 치켜뜨고는 의사를 노려본다.

"항암을 받으면요?"

"어느 정도 연장을 기대할 수 있겠죠."

"말씀하신 신약은, 어떤 게 있어요?"

언니의 목소리가 덜덜 떨리고 있어서 정아도 덩달아 손이 떨린다. 의사는 자매를 바라보다가 손을 뻗어 다른 파일을 꺼낸다.

"이 종류는 제약사 쪽에서 비용을 지급하고 있어서 부담이 없습니다."

비용 부담에 관한 이야기가 불쾌하다. 언니의 눈에 날이 서지만, 보호자의 감정까지 헤아릴 생각이 없어 보이는 의사는 슥슥, 진료 기록지에 신약의 이름들을 적고 있다. 언니가 입을 연다.

"이해가 안 되는 게요, 2년 전에 검진받으셨을 때는 아무 문제가 없었거든요."

"네. 속도가 빠르죠."

"왜 빠르죠?"

"그건 저희도 알 수가 없습니다. 스트레스나 환경 등 요인이 워낙 많아요."

이유를 알고 싶은 자매의 눈은 간절하지만 의사는 신약의 철자를 재차 확인하느라 눈치채지 못한다. 그렇게 엄마는 말기암 환자가 되었고, 자매는 말기암 환자의 보호자가 되었다. 앞으로 3~4개월. 유치한 드라마의 무리한 설정 같은 시한부 선고가, 권위의 탈을 쓰고 내려졌다. 부산 건강검진 센터에서 '이상하다'는 말을 들은 지 채 한 달이 안 되어 벌어진 일이다.

이제 문제는 엄마에게 선고문을 어떻게 전달하느냐 하는 것이다. 검진실을 나오는 정아와 언니는 각자 머릿속을 헤맨다. 엄마는 눈치가 없는 사람이 아니다. 8층 암 병동에서 내려온 지 일주일이 지났지만 왜 그곳으로 옮겨야 했는지를 묻지 않았다. 질문을 삼킨 채 검사에 검사에 검사를 묵묵히 받아

내고만 있다. 그래서 엄마가 무엇을 알고 무엇을 모르는지 자매는 모른다. 그 무지의 상태로 이 선고문을 전달해야만 하는 것이다. 몇 걸음 앞서 걷던 언니가 대기실 의자에 앉아서 정아도 나란히 앉는다.

그 상태로 깜빡, 깜빡. 몇 번 눈꺼풀을 움직이지도 않았는데 배 속에서부터 뜨거운 것이 치밀어 오르기 시작한다. 그 열기를 토해 내지도 못하고 삼키지도 못한 채 자매는 사물처럼 복도에 놓여 있다.

*

통유리 아래로 병원 전경이 훤하다. 헤드라이트를 밝힌 차들이 지나는 도로 앞 병원 입구에는 알전구가 번쩍인다. 그 위에는 인공 불빛에 밀려난 달이 초라하게 박혀 있다. 이 경관 좋은 복도는 며칠 전에 정아가 담배 피울 장소를 물색하다가 찾아냈다. 허리 통증의 원인은 중병임이 밝혀졌으므로 엄마는 휠체어를 탔다. 언니가 휠체어를 밀고 정아가 그 옆을 나란히 걷는다. 서프라이즈 파티를 준비한 것처럼 엄마를 이곳에 데려왔음에도 자매는 고백을 늦추며 어색한 침묵을 만들고 있다. 가로수를 뒤덮은 전구 장식을 보던 엄마가 먼저 입을 연다.

"오늘이 며칠이고?"

"19일. 이제 크리스마스다."

삽화 마감이 사흘 뒤라 날짜를 계산하고 있던 정아가 답한다. 오늘 날짜가 벌써인지 아직인지 가늠이 안 된다는 표정으로 엄마가 언니에게 묻는다.

"학교는 우짜고 여 있노?"

"방학인데 뭐. 교수님한테 얘기해 뒀고."

"맞나."

다시 정적이 흐르기 전에 본론을 꺼내야 한다. 그 타이밍을 잡기 위해 휠체어 손잡이를 잡은 언니의 손은 아까부터 젖어 있다. 바지에 슥슥, 물기를 닦아 내며 드디어 언니가 입을 연다.

"엄마, 수술은 힘들다네."

엄마는 준비가 안 되어 당황한 기색이다. 휠체어 미는 속도를 유지한 채 언니가 말을 이어 간다.

"허리 아픈 거부터 방사선 치료를 하잔다. 어떻노?"

"허리? 그라면 폐는?"

"폐는 새로운 약으로 해 보자더라. 허리부터 고치고."

눈이 아니라 손이 울고 있다. 땀이 뚝뚝 떨어지는 언니의 손을 보던 정아는 대신 휠체어를 잡아 주려고 손을 뻗는다. 탁, 재빠르게 밀쳐 내며 언니가 걸음을 멈춘다. 갑작스러운 정지에 놀란 엄마가 뒤돌아본다.

"와?"

"아니, 휠체어 내가 밀고 싶은데 언니가 안 준다."

정아는 자신이 왜 고자질을 하고 있는지도 모른 채 자연스럽게 울상이다.

"정아 밀게 해 주라."

중재자로서의 위엄을 갖춘 엄마의 지시에 언니는 순순히 손잡이를 동생에게 건넨다. 축축한 손잡이를 잡으며 슬쩍 보니 이미 언니의 손은 땀으로 퉁퉁 부었다.

"암이라 하제?"

"어."

언니의 인정이 자신에게 떨어진 허락이라도 되는 양, 정아는 천천히 휠체어를 민다. 정지 상태로는 감당할 수가 없다.

"수술이 안 될 정도면 나쁜 거네?"

"여기서는 허리 방사선 치료를 먼저 하고 신약을 써 보자네, 어떻노?"

들을 때 불쾌했던 공짜라는 정보는 필터링되었다.

"정미, 니 생각은 어떤데?"

"신약도 항암은 항암이니까."

"항암?"

"어."

"항암은 싫다."

엄마의 단호함에 정아는 처음에는 놀랐다. 상황을 전달하기에 급급해 엄마의 입장을 고려할 여유가 없었다. 그렇구나, 엄마는 항암이 싫구나. 그러고는 곧바로 외삼촌이 떠올랐다.

외가의 장손이자, 유일한 남자였던 외삼촌은 7년 전에 돌아가셨다. 위암 판정 이후 항암 치료를 받으셨지만, 처참하게 말라 갈 뿐 병세는 호전되지 않았다. 엄마는 매일같이 병원을 드나들며 자신의 오빠가 죽어 가는 과정을 목격한 사람이다. 엄마의 두려움은 구체적이다. 그때 이후로 줄곧, 그렇게 믿어 왔나 보다. 자신의 오빠를 미라처럼 말려 죽인 범인은 위암이 아닌 항암이라고. 엄마의 목소리에 옅게 밴 분노가 그렇게 말하는 것만 같았다.

잠시 후 언니가 입을 연다.

"그라면 대체의학도 있다. 거기서 낫는 사람도 있단다. 더 알아볼까?"

"사이비, 아이고?"

"어. 그런 거 말고, 허가받은 데들."

엄마는 대답 대신 긍정을 포함한 침묵을 지킨다. 그 뜻을 놓치지 않고 계획에 포함하며 언니는 다음 질문을 이어 간다.

"방사선은 하고 가는 게 안 좋겠나?"

"그래라."

언니는 정아에게 대체의학에 대해 언급한 적이 없다. 짧은 시간 동안 엄마에게 선택지를 제공하고 싶었던 언니는 손으로 울면서 기어이 다른 옵션을 만들어 냈다. 그 유능함이 무능한 정아에게는 측은해 보였다.

자매야 그렇다 치고 엄마는 어떻게 눈물도 없이 선고문을 받아들였을까? 딸들 앞이라서 신념 같은 덤덤함을 유지해야 했던 걸까? 정아는 그 뒤에 여러 번 생각해 보았지만, 이날 엄마가 보여 준 단정함은 도통 이해되지 않았다. 건강하게 잘 살다가 검사를 받고, 그 검사가 이상하대서 다시 검사를 받았는데, 현대 의술로는 못 고친다는 판정을 받은 것이다. 느닷없이 죽을 날을 받게 된 것인데 이걸 어떻게 받아들인단 말인가. 그 마음을 헤아려 보다가 정아는 기억 하나를 떠올렸다. 그 전까지는 잊혔던 과거다.

새까맣게 어두운 밤이다. 샛노랑유치원에도 들어가기 전, 땅을 파며 놀던 땅꼬마 정아는 단칸방 엄마 옆에 누워 있다. 반대편 언니 자리에서는 쌔근쌔근 숨소리가 고르다. 잠든 모양이다. 미싱, 주방 보조 등등의 허드렛일을 하러 다니느라 지친 엄마는 여느 때처럼 끙끙 한숨 같은 신음을 뱉고 있다. 어린 정아는 잠이 오지 않아 말똥말똥 천장만 바라보고 있다. 낮에 놀이터에서 아빠 없는 애라며 놀림을 받았었는데 어른들에게 들은 대로 우리 아빠는 죽은 거다, 라고 당당하게 맞

받아쳤더랬다. 하지만 연이어, 그게 뭔데? 없는 거랑 뭐가 다른데? 라는 질문이 쏟아졌고 정아는 답할 수 없어 씩씩거리다 돌아왔다. 그리고 이렇게 잘 시간이 한참 지나서도 죽음이라는 단어를 작은 머리통 안에서 이리저리 굴려 보는 것이다.

엄마가 잠들지 않았음을 기척으로 느끼고는 최대한 조심스럽게 입을 연다.

"엄마, 자나?"

부스럭거리며 엄마가 돌아눕는다. 정아 얼굴로 따뜻하고 짙은 입김이 쏟아진다.

"어데, 정아가?"

"어."

"니 와 안 자노."

"잘 거다. 엄마, 뭐 물어봐도 되나?"

"와?"

엄마의 목소리는 너무나 나른하고 피로해서 정아는 죄책감을 누르기 위해 노력해야 한다.

"죽으면 어떻게 되노?"

"죽어?"

"어."

노곤한 엄마의 목소리가 끊어지고 잠시 침묵이 이어진다. 정아는 엄마가 잠들었으면 포기해야겠다, 결심하고 있다. 그리고 그때, 다시 텁텁한 입김이 인다.

"흙이 되지."

"흙?"

"어. 흙이 된다."

흙이라니. 누가 간지럽히는 것도 아닌데, 어린 정아는 갑자기 여기저기가 간지럽다. 그러면서 가슴인지 머리인지 모를 몸속 어딘가에서 질문이 마구 솟구치기 시작한다. 놀이터에 뒹구는 그 흙? 그라면 애들도 만지고 강아지도 밟고. 죽으면 그래되는 거가? 아파도 소리도 못 내고? 아빠도 그래된 거가? 무수히 쏟아지는 질문 중 몇 가지를 골라내어 다시 물어보려는데 엄마가 위엄 있는 어조로 명령한다.

"자라, 고마."

엄마의 입김은 길게 신음을 남기며 언니 쪽으로 사라진다. 이제 그 어떤 질문도 해선 안 되는 거다. 근데, 그래도, 만약에…… 내뱉지 못한 질문들로 가득 차 버린 정아는 단칸방에 홀로 둥둥 떠 있다.

어느덧 하얀 엄마의 정수리를 내려다보며 다 큰 정아는 휠체어를 밀고 있다. 20년이 지났지만 질문 금지령은 해제되지 않은 채다. 그게 처음이자 마지막으로 엄마와 나눈 죽음에 대한 대화였다. 그날을 기억하는지, 죽으면 흙이 된다는 이야기는 아직도 엄마에게 유효한지, 물리적인 차원에서 흙이 된다면 정신적인 차원에서는 어떻게 된다고 생각하는지, 엄마는 불교를 믿으니 윤회한다고 생각하는지 등등이 마구잡이로 튀어 올라 휠체어를 미는 속도가 빨라진다. 언니가 소매 끝자락을 잡아 주지 않았더라면 계속해서 가속되었을 것이다. 정아는 멍한 얼굴로 언니를 돌아보고는 다시 엄마의 하얀 정수리로 시선을 옮긴다.

*

허리뼈에 붙은 종양을 제거하기 위한 방사선 치료는 총 다섯 번에 걸쳐 진행되었다.

방사선 치료 자체는 20분밖에 안 걸리지만 조사량을 조절해야 해서 치료 사이에 1~2주의 대기가 생기는데, 이 시간을 견디는 게 쉽지가 않다. 아무 할 일 없이 기다리기만 한다는 건 그 자체로 고통이다. 일상을 노동으로 채워내던 엄마는 대기 상태가 이어지자 급격한 속도로 환자가 되어 갔다.

없던 병이 생겨서 환자가 된 게 아니다. 낯선 사람들이 자신을 들여다보고 만지고 옮기는 것에, 다시 말해 종양 자체로 다루는 것에 익숙해졌다는 뜻이다. 링거 줄을 정리한다고 간호사가 앞섶을 펼쳐 젖이 다 드러나려고 하는데도 당황하지 않는다. 놀란 건 정아뿐이다. 다급하게 흘러내린 환자복을 끌어 올리며 보니 엄마의 눈은 긴장감 없이 풀려 있다.

엄마는 원래 부끄러움에 대한 감각이 정확한 사람이었다. 평생을 빨아 쓴 면 생리대를 자식들 눈에 띄게 한 적도 없고 삶아 둔 속옷을 정아와 함께 개킬 때면 자신의 속옷부터 황급히 빼내던 엄마다. 딸과도 그렇게 선을 지키던 엄마의 변화가, 정아는 두렵다. 환자 역할에 능숙해질수록 원래의 엄마에게서 멀어지는 것만 같다. 저 환자복 때문일까? 저걸 벗고 후줄근한 엄마의 옷을 입으면 타인과 거리감이 분명했던 엄마 자신으로 돌아가게 될까? 이런 생각들은 병실에서 먹고 자는 정아를 한동안 괴롭혔고 그러는 사이, 새해가 밝았다.

정아는 이제 스물아홉으로 그보다 네 살이나 많아졌다. 병원 방침 때문에 병실을 세 번 이동했는데 창규 고모의 도움으로 그랜드 오픈한 신관 2인실을 배정받고는 형편이 나아졌다. 뭐라도 나아지는 것이 있다는 기쁨에, 엄마 앞에서 새 병실의 장점을 세세하게 늘어놓으며 무료한 시간을 보내고 있다.

오늘도 엄마는 점심 식사 후에 곤히 잠들었다. 할 일이 없어진 정아는 누가 두고 갔는지 모를 영화 잡지를 꺼내 들었다. 한참 지난 과월호라 흥미로운 내용은 없다. 의미 없이 페이지를 슥슥 넘기다가 엄마를 보니, 무슨 좋은 꿈을 꾸는지 입꼬리가 희미하지만 분명하게 올라가 있다. 덩달아 기분이 좋아진 정아는 잡지를 밀어 두고 엄마 옆으로 다가간다.

원래 정아는 상대방의 눈을 빤히 보는 편이라 너무 그렇게 보지 말라며 주의를 받은 적도 있는데 이상하게 엄마의 눈은 똑바로 보지 못한다. 이 사실도 최근에야 깨달았다. 죄라도 지었나 생각해 보면 모든 게 죄인 것도 같고 아닌 것도 같다. 그래서 엄마가 잠들었을 때 자주 이렇게 훔쳐본다. 덕분에 엄마의 잠든 얼굴만큼은 보지 않고도 또렷이 그려 낼 수 있다. 오늘은 특별히 웃는 얼굴을 만났으니 단단히 기억해 둬야겠다. 엄마는 도통 웃는 법이 없으니까.

잘 펴진 입술부터 시작해 입가의 주름이 두 겹씩이다. 눈꼬리에도 평상시에는 보이지 않던 잔주름이 깊다. 다듬은 적이 없을 것 같은 눈썹은 지저분하게 굵은 아치를 그린다. 하나하나를 망막에 새기려고 정아는 분주하다.

그때 번쩍, 엄마가 눈을 뜬다. 놀란 정아는 시선을 돌릴 생각도 하지 못한 채다. 얼굴에 번져 있던 미소는 순식간에 사라져 버리고 엄마는 원래의 무표정으로 돌아왔다. 꿈뻑꿈뻑, 천장을 향한 눈꺼풀이 열리고 닫힌다. 시력이 돌아오기 전인가? 다시 꿈뻑꿈뻑, 눈꺼풀의 움직임이 느리게 반복된다. 뭐지? 꿈인가? 텔레파시가 통하는 것처럼 엄마의 생각이 정아에게 전해진다. 꿈이었구나. 꿈. 그래, 꿈이다. 어쩐지 좋더라. 근데 여기는 어디지? 아, 여기는 병원이구나. 그렇지, 내가 죽을병에 걸려서 병원에 왔었지. 나는 곧 죽을 사람이지. 지금 엄마의 머릿속에는 잔혹한 정보들이 온전히 새롭게 쏟아지고 있다. 망각의 세계에서 의식의 세계로 넘어오며 느껴야 하는 그 가차 없는 깨어남의 고통을 엄마는 견디고 있다. 그렇게 생각하자 정아는 숨이 쉬어지지 않는다. 뜨거운 열기가 순식간에 눈 밖으로 넘치려고 한다. 어라? 이럴 수는 없다.

그의 죽음 이후 얼마간의 노력으로 정아는 눈물 정도는 제어할 수 있게 되었다. 적어도 지금, 엄마의 생각을 텔레파시로 전달받기 전까지는 그랬다.

과정은 이렇다. 먼저는 뜨거운 것이 느껴진다. 간혹 다리나 손끝 같은 부위에서 시작하기도 하지만, 대부분은 가슴 언저리나 머리 쪽에서 시작한다. 넓은 부위로 퍼져 있는 뜨거운 기운은 천천히 움직이는데 그 속도는 상황에 따라 다르다. 이동하는 동안 부피는 줄어든다. 땅콩 정도의 크기까지 작아진 후에는 거의 모든 경우, 뇌 앞에서 멈춘다. 정아는 느껴지는 부위를 확인하기 위해 뇌 구조 사진을 찾아본 적이 있는데 시신경교차 부위와 일치했다. 관자엽 앞, 뇌하수체 위에 있는 시신경교차 부위. 그때 선택을 해야 한다. 이걸 시신경을 따라 눈 밖으로 보낼지, 호흡과 함께 대뇌로 넘길지. 혼자 있을 때는 눈 밖으로 흘려보낸다. 그편이 뒤가 깔끔하기 때문이다. 호흡이 엉키는 것만 주의해서 눈물로 빼내고 나면 머리가 깨끗해진다. 하지만 대뇌로 넘겨 버리면 다시 열감으로 변하는데 이게 시작 때와는 다르게 뭐랄까, 좀 무거운 느낌이 된다. 탁해진 기운은 뇌에 쩍, 들러붙어서 떨어지지 않는 두통이 된다. 귀찮더라도 지금은 두통이 낫다. 엄마를 앞에 두고 눈물을 흘릴 수는 없다. 하지만 이렇게 생각하는 중에도 이미 줄줄 눈물은 흐르고 있다. 정아는 벌떡 일어서서 어디 간다는 말도 없이 병실 밖으로 달려 나간다.

데스크의 간호사에게 비닐을 얻어 다급히 화장실로 뛰어들어간 정아는 최대한 소리를 죽여 호흡을 가다듬으려는데, 역시 잘 되지 않는다. 들이마시는 공기의 양이 점점 적어지는 대신 속도가 빨라진다. 헉헉헉, 날숨 없는 들숨이 빠르게 반복된다. 엉망이다. 그때 누군가 화장실 문을 탕탕 친다.

"저기요, 괜찮아요?"

정아는 괜찮으니 그냥 가시라고 말하고 싶은데, 입 밖으로는 껙, 끄억, 이상한 소리만 새어 나와 단어를 만들지 못한다.

"사람 불러다 줘요? 예?"

더욱 다급해진 정아는 간신히 노력한 끝에 소리를 내뱉는다.

"괜, 찮아요. 진짜, 괜, 찮아요."

온몸의 힘을 끌어모아, 그냥 가 주세요, 까지 뱉은 후에야 친절한 행인은 물러난다. 그 덕분인지, 빨라지던 들숨의 속도가 서서히 늦춰지고 머리통을 조이던 통증도 저릿한 잔감을 남기며 물러간다. 길게 습, 천천히 후. 여러 번을 반복한 이후에 정아는 세면대로 가서 거푸거푸 세수를 한다. 누가 봐도 운 얼굴이다. 눈과 코가 벌겋게 부었다. 밖으로 나온 정아는 붓기를 가라앉히려 찬바람을 맞으면서 엄마가 화장실에 가고 싶으면 어쩌나, 마음이 다급하다.

엄마의 깨어남을 경험한 후에야 정아는 병원 생활에, 정확하게는 간병인 역할에 충실할 수 있었다. 더 이상은 뇌세포가 감상에 젖도록 내버려 두지 않았다. 환자인 엄마를 살피는 일에만 집중하게 된 것이다. 병실에서는 24시간을 붙어 있어야 했기에, 집중하는 것만으로도 에너지 소모가 컸다. 하루가 다르게 모녀는 핼쑥해지고 있었다. 방사선 치료는 두 번이 더 남았다. 그건 3주 이상을 대기해야 한다는 뜻인데 분위기 전환이 필요했다. 정아는 교대하러 언니가 왔을 때 벼르던 가족회의 안건을 던졌다.

"엄마, 누구 오면 좀 그르나?"

병문안을 받자는 거다. 처음 병원에 왔을 때 엄마는 자매에게 입단속을 시켰었다. 외할머니가 알게 되실까 봐 걱정하는 것 같았다. 수술하면 완쾌될 줄 알았던 그때와 지금은 사정이 다르지만, 엄마는 입장을 바꾸지 않고 있다.

"이래 있는 거를 누굴 보이."

언니도 손님이 간절했던지 거든다.

"엄마 완전 괜찮아 보인다. 엄마 친구도 보면 반갑지, 왜."

"됐다, 마."

"계속 거짓말할 수도 없잖아. 아줌마들 전화 오는데."

언니의 말은 사실이었다. 엄마가 전화를 받지 않고 잠적한 모양이 되자, 엄마의 친구들은 언니에게 연락해서 경위를 물어 왔다. 난처해하며 통화하는 걸 정아도 몇 번이나 본 적이 있다. 10분 정도의 설득 끝에 엄마는 침묵하는 방식으로 허락했다. 딸들을 거짓말쟁이로 만들기 싫어서인지, 친구들이 보고 싶어서인지는 모르겠다. 중요한 것은 엄마의 승낙이었으므로 자매는 곧바로 병문안 리스트를 만들었다.

엄마가 낮잠 든 틈에 병실을 빠져나와 각자 핸드폰을 들었다. 하루에 두 팀 이상은 무리이니, 공용 스케줄러에 예약 내용을 기입하여 조정하기로 했다. 주소록을 뒤지고 통화 버튼을 누르려던 언니가 호흡을 가다듬는다. 지금의 상황을 어떻게 전해야 할지 고민하는 얼굴이다. 정아는 바로 통화를 하려다 목소리가 섞일 것 같아서 기다린다. 언니가 전화를 건다.

"아, 아줌마. 안녕하세요. 저 정민데요, 네네."

엄마가 지금 어떤 상태다, 서울 병원에 더 있어야 한다, 수술은 힘들다, 등을 빠르게 전달하던 언니는 잠시 저쪽 이야기에 귀 기울이다가 단호하게 말한다.

"아줌마, 그렇게 우시면 안 돼요."

뒤이어 엄마는 안 좋은 상황이지만 건강하시고 남은 치료도 잘하실 거라고 덧붙인다. 그러니 오시면 꼭 좋은 얘기 좀 해 달라고. 아줌마가 하는 말들은 계속해서 막아 내다가 끝인사로는 이렇게 반복한다.

"저희 엄마 앞에서는 진짜 울면 안 돼요."

훔쳐 듣던 정아는 핸드폰을 쥔 채 얼음 상태다. 이럴 수도 있구나 싶다. 언니는 감정 소모를 최소화한 채 원하는 것을 얻어 내고 있다. 그 효율적인 방식이 어떤 한탄이나 넋두리보다 옳아 보인다.

첫 방문객은 엄마가 식당 일을 할 때 동료였던 구포 아줌마였다. 아줌마는 언니의 요구대로 눈물 없이 방문을 마쳐 주었고 덕분에 엄마 얼굴에 웃음이 붙었다. 이후에는 그 아줌마에 대한 이야기를 나누며 시간을 보내다 보니 금방 하루가 갔다.

이런 식이라면 병원에서 몇 주가 아니라 몇 달도 살겠다고 생각하던 즈음, 엄마 친구가 돌아가신 외삼촌의 아내인 외숙모를 모시고 왔다. 건너건너 아는 사이라고 했다. 정아네보다

앞서 병원 생활을 마스터했던 외숙모는 깔끔하게 방문을 마쳐 주었지만, 문제는 그다음 날부터였다. 예고도 없이 친척들이 찾아오기 시작했다. 엄마는 당혹과 반가움을 섞어 그들을 맞이했는데 그리 싫은 기색이 아니라서 자매는 안도했다.

친척 대부분은 정아가 모르는 얼굴이었다. 낯선 이가 들어와 난데없이 알은체를 하는 식이라 정아는 곤혹스러웠다.

"니가 정아구나, 많이 컸네. 내 기억나니?"

그때마다 정아는 눈으로 엄마에게 설명을 부탁했고 엄마는 이런저런 주석을 붙여 주었다. 포항 당숙 아들이다, 창원 고모 딸이다, 같은. 정아는 자신과의 촌수나 호칭을 따지는 일은 엄두도 내지 못하고 최대한 예의를 갖춰 응대했다. 그런 정아에게 친척들은 신기하게도 매번 같은 말을 했다.

"시집가야지."

누군가 시집가야지, 하면 아, 친척이구나, 할 정도였다. 질책의 냄새를 풍기며 친척이 정아를 훑어보면 엄마는 시선을 낚아채듯 대신 답했다.

"야들은 나이만 묵었지, 암것도 못 해."

이 말을 하는 엄마는 어느 때보다 자신만만해 보였다. 우리 애들은 밥하고 빨래할 애들이 아니다. 더 큰 일을 해야 한다. 정아는 속으로 그렇게 해석하며 다짐했다. 엄마가 원하는 딱 그런 딸이 되어 줘야지. 결혼보다 위대한 걸 꼭 해내야지.

친척들이 떠난 후에는 엄마와 언니가 나누는 비평에 귀 기울이며 그 사람은 엄마에게 나쁜 사람이구나, 좋은 사람이구나, 등을 카테고리화했다. 그러다 보니 이제껏 당연했던 가족의 풍경이 처음으로 이상하다. 이런 친척이라는 사람들을 볼 기회가 정아에겐 없었던 것이다.

"엄마, 우리는 왜 명절에 집에만 있었노?"

"명절에 집에 있지, 그라면."

세 모녀의 명절은 언제나 비슷했다. 전날 함께 목욕탕에 가서 서로의 등을 밀어 주고 시장에 간다. 단골 가게에서 순대를 먹고 민주적으로 결정된 메뉴인 갈비찜이나 족발 등의 재료를 구입한다. 당일에는 조금 일찍 일어나 함께 요리해 먹고 쉰다, 끝. 정아가 아주 어릴 때는 친가와 외가를 바삐 오갔었다는데 어느 순간 친가 방문은 뚝 끊겼고 외할머니 댁에는 명절 앞뒤로 여유 있게 찾아갔다. 아빠 산소는 친가의 선산에 있는데, 그곳 역시 머리가 큰 후로는 간 기억이 없다. 기일에는 갈 법도 한데 엄마조차도 절에나 갈까 선산을 찾지는 않는 것 같았다. 다시 말해, 명절이든 기일이든 규칙 없이 엄마 마음대로라는 거다.

병문안 온 고종사촌이라는 아저씨를 배웅하고 오는 길에 정아가 언니에게 물었다.

"니는 다 기억나나?"

"얼굴이 남아 있으니까."

"내는 하나도 모르겠는데."

고작 두 살 많을 뿐이면서, 언니는 친가에 다니던 기억이 남아 있다고 했다.

"우리 친가는 왜 끊었노? 누구랑 싸웠나?"

"뭘 싸워."

"그라면?"

"니 같으면 가고 싶겠나?"

"모르지, 내야."

"서로 불편하기만 하고. 내 같아도 안 보고 살겠다."

언니는 정아가 불편한 친가라도 되는 양 적의를 표했으므로 덧붙이려던 질문은 삼켰다. 그리고 그날 밤, 혼자 이리저리 생각해 보니 엄마의 심정을 알 것도 같았다. 자신도 그의 가족을 장례식 이후에 만나지 않는다. 그의 친구들도 마찬가지다. 서로가 존재만으로 상실을 떠올리게 했기 때문이다. 역시, 불편하기만 한 것이다. 오랜만에 만난 친척들은 그 불편의 구덩이를 급하게 메우려고 시집가야지, 시집가야지, 합창을 해 대는 건지도 모르겠다.

6

외부인의 방문으로 병실 분위기가 밝아지자 하루하루가 빠르다. 다음 주 마지막 방사선 치료가 끝나면, 대체의료기관으로 옮길 예정이다. 후보군 현장 답사를 하러 언니가 대표로 내려갔다. 구정을 앞둔 터라 채널마다 설 특집이다. 정아는 엄마와 나란히 침대에 누워서 다가올 설 특별 메뉴를 정하고 있다.

"족발 먹어도 되는지 물어볼까? 엄마 좋아하잖아."

"그래도 될라나?"

좋아하는 눈치라, 정아가 사 오겠다고 약속했다. 무슨 수를 써서라도 엄마에게 족발을 먹여야지, 결심하는데 똑똑 노크 소리가 들린다. 간호사나 의료진은 노크 후 바로 문을 열고,

병문안 오는 이들은 미리 전화를 준다.

"누구세요?"

의아해하며 문을 여니, 이모다. 외삼촌이 돌아가셨으니 엄마의 유일한 여동생인데도 평소 왕래가 없던 터라 따로 연락하지 못했다. 이렇게 얼굴을 마주하니 먼 친척들 방문은 받아놓고 어떻게 이모를 빼먹었을까 싶다. 정아는 죄책감에 이모를 들이지도 못하고 난처하다.

"누고?"

엄마가 말을 건네주어서 상황이 풀렸다. 이모가 정아 대신 답한다.

"언니야, 내다."

하고 들어서며 엄마에게 자신을 보인다.

"니가 우째 알고 왔노."

말하는 엄마의 목소리에도 미안함이 짙다.

"뭐 그래 비밀이라고. 듣지, 그럼."

의미 없는 말을 주고받으며 엄마를 살피는 이모의 눈이 바쁘다. 죽을병에 걸렸다는 언니를, 자신의 두 눈으로 똑똑히 확인하겠다는 의지가 느껴진다. 정아는 이 불쌍한 자매를 위해 자리를 피해 줘야 할 것 같다.

"내 뭐 좀 사 올게."

눈치 없이 이모는 들고 있던 음료수 박스를 내밀며 말린다.

"돈 쓸 거 없다. 이거 마시자."

"아니, 다른 거 사라고. 갔다 올게."

궁색한 변명을 하고 병실을 나온 정아는 어슬렁거리며 로비 벤치에 가서 앉는다. 그제야 이모가 엄마의 소식을 듣고 얼마나 가슴이 철렁했을지 헤아려진다. 정아 자신이 언니의 이야기를 그런 식으로 들었다면 정말 심경이 복잡했을 것 같다. 이모에게는 꼭 제대로 사과해야겠다.

이모 박순덕 씨는 결혼을 하지 않았다. 비혼주의인지 아닌지에 대해서는 아는 바가 없다. 엄마는 아주 가끔 이모가 공부를 참 잘했었다며 칭찬을 하곤 했는데 그때마다 대학을 보냈어야 했다는 반성을 부록처럼 끼워 넣었다. 들을 때마다 정아는 엄마의 반성이 영 이상했다. 이모는 고등학교를 졸업했지만 엄마는 중학교도 못 갔다. 누군가가 반성을 해야 한다면, 그건 외할머니여야 할 것 같았다.

어린 시절 이모는 정아 집에 들러 한참을 지내다가 말없이 떠나곤 했다. 성인이 되어서야 당시 거처가 없던 이모가 외삼촌 집과 자신의 집을 병풍처럼 오갔다는 사실을 알게 되었지만, 이모의 방문은 정아에게는 매우 복잡한 것이었다. 반갑기는 반가운데, 이상하게 불안했다. 거기다 냉한 이모의 성격은 저 사람이 지금 화가 난 건지 불편한 건지 알 수 없게 해, 상대가 눈치를 보게 만드는 힘이 있었다. 정아는 매번 이모에게 어떻게 인사를 건네야 할지 몰라 쭈뼛거렸다. 둘만 있는 시간은 더욱 곤욕스러웠다.

한번은 이런 일이 있었다. 열 살 무렵으로 기억하는데 당시 정아는 '섹시하다'는 말을 처음 배워 그 단어의 세련됨에 매료되어 있었다. 여성의 외모를 칭찬하는 예쁘다, 아름답다를 능가하는 최상급 표현인 줄 알았다. 그때 방문한 이모는 웬일인지 살가웠고 정아에게 간식을 만들어 주기까지 했다. 너무 기뻐서 정아는 배운 말을 내뱉었다.

"이모는 섹시하다."

아, 제발 그러지 말았어야 했다. 이모의 표정을 본 사람이라면 누구나 후회했을 것이다. 아이에게 너무하다 싶을 정도로 혐오를 가득 담은 눈빛이었다. 가져온 짐을 풀지도 않고 그길로 이모는 떠나 버렸다.

정아가 브래지어를 착용하기 시작했을 때, 엄마가 이모 얘기를 해 준 적이 있다. 순덕이는 젖이 커서 붕대로 칭칭 감고 다녔는데 그때마다 칼로 도려내 버리고 싶다며 험한 소리를 했다는 거다. 그제야 정아는 미안해졌다. 그런 사람에게 '섹시하다'는 말이 좋게 들렸을 리 없다. 하지만 이모도 너무했다. 어린 조카가 뜻도 모르고 지껄인 소리에 그렇게 정색할 것까지야. 어른답게 야단을 쳤다면 차라리 나았을 텐데 이모는 그러지 않았다. 정아는 나이가 들어서야 이모를 조금 더 이해할 수 있었다. 이모에게는 모두가 타자일 뿐 아이와 어른의 차이가 없다. 손윗사람이든 손아랫사람이든 모두가 불편하고 어렵다. 이렇게 확신하는 이유는 정아 자신도 같은 문제를 겪고 있기 때문이다. 어른이 되었지만, 여전히 모두가 어렵다.

*

구정 전날 이모가 족발을 사 왔다. 처음 방문한 이후로는 규칙적으로 드나들고 있다. 언제나 먹을 것을 사 와서는 10분도 안 돼서 가 버리기 때문에 정아는 아직도 사과할 타이밍을 못 잡고 있다.

이모는 엄마가 족발을 뜯는 걸 보다가 난데없는 웅변조로 말했다.

"새해 복 많이 받아라, 언니야."

뚱딴지같은 덕담에 엄마는 당황한 얼굴로 족발을 내렸다.

"어, 순덕이 니도."

"정아도 새해 복 많이 받아라."

"아, 이모도."

정아의 대답과 동시에 이모는 벌떡 일어서더니 가방을 가지고 나가 버렸다. 얼마나 다급하게 나갔는지 문 앞에서는 스텝이 엉켜 잠깐 휘청이기까지 했다. 어어, 하고 따라 일어나던 정아는 벙찐 얼굴로 엄마를 돌아봤다.

"지금, 이모 간 거가?"

족발을 들고 멍하니 이모가 사라진 문을 바라보던 엄마는 갑자기 웃기 시작했다. 음식물이 튀어, 정아가 물티슈로 닦아 주는데도 동생의 갑작스러운 퇴장이 그렇게나 웃긴지 한참을 더 웃었다.

점심때가 되어 교대하러 언니가 왔다. 정아는 엄마가 낮잠 자는 동안 언니를 따로 불러내서 이모 덕분에 엄마가 얼마나 기분 좋게 웃었는지를 세세하게 자랑했다. 언니도 활짝 웃으며 들었다. 오랜만에 자매의 얼굴이 밝았다.

설 당일이 되니 병원도 꽤나 시끌벅적하다. 한복을 입은 방문객들이 곳곳을 밝혀 명절 기분이 난다. 집에서 자고 온 정아는 새로워진 병원 풍경을 구경하며 병실로 향한다. 좀 전에 언니가 전화로 목욕탕에 간다고 했으니 엄마는 혼자 있을 것이다.

드르륵, 병실 문을 여는데 누군가 침대 옆에 서 있다. 정아는 낯선 사람을 향해 다가가며 목소리를 낸다.

"엄마, 내 왔다."

정아의 목소리에 고개를 돌리는 사람은 처음 보는 중년 남자다. 눈이 마주치자 그쪽에서 먼저 인사한다.

"안녕하세요."

"아, 안녕하세요."

정아는 어색하게 엄마를 본다. 누구인지 알려 달라는 거다. 하지만 엄마는 그 아저씨에게 정아를 소개한다.

"둘쨉니다."

"아, 벌써 이래 크셨네."

만난 적이 있던가? 대부분의 방문객과 달리 경상도가 아닌 충청도 억양이다. 노동으로 다져진 것이 분명한 다부진 몸에 걸친 양복이 영 어색하다. 그 뒤에 선 정아는 정보를 조금이라도 더 찾아내려고 아저씨의 손을 내려다본다. 굳은살이 울퉁불퉁하게 앉은 작고 단단한 손이다. 뭉툭한 손톱은 누가 망치로 쾅쾅 박아 놓은 듯 옴폭하다. 훔쳐보는 정아를 질책하듯 엄마가 말한다.

"뭐 좀 내드리라."

"나는 괜찮은데……."

사양하는 목소리를 무시하고 정아는 황급히 음료수를 건넨다. 아저씨는 두 손으로 공손히 받아 든다.

"고마워요."

정아가 묵례로 답하는데 다시 엄마가 지시한다.

"정아는 좀 이따 온나."

"아, 어. 쉬다 가세요."

얼렁뚱땅 복도로 쫓겨난 정아는 머릿속이 복잡하다. 병실에서 멀어질수록 궁금증은 사라지고 그 자리에 이상한 간절함이 들어찬다. 저 아저씨가 누구인지 뭐 하는 사람인지는 상관없다. 그냥 엄마의 애인이었으면 좋겠다. 아내가 있으면 엄마 속이 시끄러울 테니 노총각인 걸로 하자. 인간적으로 노총각은 너무한가? 뭐, 엄마처럼 사별한 홀아비여도 괜찮겠다. 그래야지 균형이 맞을 테니까. 그래, 사별한 홀아비인 저 아저씨가 엄마의 애인인 거다. 그래서 이렇게 명절날, 중요한 친척들 다 제치고 가장 먼저 엄마를 보러 온 거다. 그랬으면, 그래 준 거면 정말 좋겠다.

목욕탕에서 돌아온 언니를 로비에서 만나 함께 병실로 오니 아저씨는 사라지고 없다. 엄마는 생각 중인지 잠든 것인지 눈을 감고 있다. 정아는 언니에게 의문의 방문객에 대해 이야기를 하려고 입을 열었다가 닫는다. 그러고는 절대 누구한테도 말하지 말아야지, 결심한다. 꿈 이야기를 하면 효력이 사라지듯 엄마의 애인이어야 할 아저씨도 사라질 것만 같았기 때문이다.

*

퇴원을 얼마 남겨 놓지 않은 주말, 자매는 병실을 이모에게 맡기고 대체의료기관 사전 답사를 가기로 했다. 언니 혼자 몇 곳을 보고 왔는데 결정하기가 어렵다고 했다. 언니가 먼저 부산으로 이동했고 정아가 이모에게 바통을 넘겨 주고 뒤따라 내려갔다. 언니가 아반떼를 몰고 부산역에 마중 나왔다. 대기업에 입사하던 해 중고로 샀던 차다. 오랜만에 아반떼를 만나니, 엄마를 태우고 해운대에 갔던 날이 떠오른다. 세 모녀에게는 첫 차라 서로 시승 사진을 찍어 주며 즐거웠었다. 번쩍이며 예뻤던 아반떼가 오늘 보니 누르딩딩하고 낡았다. 차도 늙는구나, 싶다.

보조석의 문을 닫기가 무섭게 언니는 후보 기관을 향해 액셀을 밟는다. 첫 후보지인 사랑병원은 엄마 집과 가깝다는 장점이 있지만, 천주교 신도들이 운영하고 있어 불교인 엄마에게 권하기가 꺼려진다고 한다. 듣던 정아가 별생각 없이 묻는다.

"불교 쪽은 없드나?"

"니가 알아보든가."

내뱉는 언니의 얼굴에는 짜증이 선명하다. 정아도 물러설 생각이 없다. 자신의 질문에 비하나 공격의 의도가 없었으므로 사과하고 싶지 않다. 이래라저래라, 계속되는 지시에 감정이 상한 적이 한두 번이 아니지만 상황이 상황인지라 참고 따르려고 했다. 그런데 한마디 했다고 빽 쏘아붙이는 건 너무한 것 아닌가. 생각할수록 억울해져 버린 정아는, 창밖으로 흐르는 가로수를 쏘아보며 입을 다문다. 운전대를 잡은 언니도 말이 없다. 익숙한 공기, 익숙한 불쾌. 오래된 습관 같은 냉기가 차 안을 가득 채운다. 병실을 떠나 자매만 함께 있는 게 참 오랜만인데, 이 아까운 시간을 쓸데없는 기싸움으로 흘려 버리고 있다. 그리고 그건 누구보다 서로가 잘 안다. 알지만, 싫다는 거다. 짜증이 난다는 거다.

사랑병원에서 상담을 받고 나와서는 꼬박 두 시간을 달려, 다음 후보지인 경주에 도착했다. 하늘의원이라는 곳인데 산 아래 자리해 공기가 좋고 종교색도 없다. 정아는 주차장에서 하늘의원의 외관을 보고는 대학 때 엠티로 갔던 춘천 어디의 펜션을 떠올렸다. 같은 인테리어 업자가 시공한 게 아닐까 싶을 정도로 닮았다. 건물 안으로 들어와서 황토방, 쑥방 등 찜질방에서 빌려 온 것 같은 이름들을 둘러보는데 원장이라는 중년 남자가 언니에게 인사를 하며 다가온다. 흰머리를 정갈히 묶고 개량한복을 입고 있다. 정아는 원장을 보며 고발 프로그램에 나왔던 사이비 교주를 떠올렸지만, 이 얘기를 했다가는 정말 언니와 대판 싸우게 될 것 같아서 머릿속 이미지를 빠르게 지워 냈다.

"어머님 퇴원이 언제죠?"

"모레 치료 끝나면 바로 퇴원하실 것 같아요."

"좋네요, 방은 충분합니다."

원장은 부탁하지도 않았는데 가이드를 자처하며 곳곳을 안내하기 시작한다. 조직 구성과 일과표, 설립 목표까지 세세하게 들으며 1층 식당으로 내려오니 환자들이 저녁 식사 중이다. 대부분 마른 체형으로 중장년층이 주를 이룬다. 항암을 병행하고 있는지 두건을 쓰거나 모자를 쓴 사람도 눈에 띈다. 멍하니 바라보던 정아는, 보호자로 보이는 또래의 건강한 청년을 발견하고는 이유 없이 안도한다.

"식사도 하시고 결정하세요."

"아, 그래도 돼요?"

언니는 일부러 식사 시간에 맞춰 왔으면서 체면을 차린다.

"그럼요. 편하게 드시고 원장실에서 보시죠."

원장의 안내에 자매는 배식판을 든다. 둘 다 심기가 불편해서 배가 고프지 않다. 하지만 야채와 버섯, 생선찜으로 이루어진 식판은 자매가 아닌, 엄마를 위한 것이다. 언니처럼 정아도 열심히 음식 하나하나를 입으로 나른다. 재료의 신선도와 조미료의 사용 유무 따위에 집중하면서.

식사를 마치고 밖으로 나오니 해가 져서 어둡다. 실루엣만 남은 뒷산을 바라보며 묵언 상태를 깨고 언니가 입을 연다.

"집이랑 먼 것만 빼면 괜찮제?"

"어. 괜찮드라."

"그자, 깨끗하고."

언니는 쫓기는 사람처럼 장점을 줄줄이 늘어놓다가 갑자기 정아에게 묻는다.

"그라면 접수한다?"

하마터면 정아는 조금 더 생각해 보자고 말할 뻔했다. 언니의 반짝이는 눈을 보다가 자신에게 허락된 의사 표현은 동의뿐임을 알아차리고 답한다.

"어."

접수를 마치고는 엄마의 장미아파트로 왔다. 병원으로 가져갈 물품을 챙기는데 하나같이 낡고 해져서 각자 뒤지던 자매는 똑같이 울상이다.

정아는 속옷을 챙기러 안방에 들어왔다가 벽에 붙은 조계종 달력에 눈이 간다. 음력 날짜가 큼직하게 박혀 있고 한글보다 한자가 많다. 지금은 2월이지만, 엄마의 달력은 건강 검진을 받았던 10월에 멈춰 있다. '10월 9일, 애들 아빠'. 삐뚤빼뚤한 필체를 가만히 보다가 몇 장을 넘겨 본다. 오빠, 아빠, 외삼촌, 미연 이모 등의 손 글씨가 이어진다. 아빠의 날짜로 유추해 보건대, 모두 기일일 것이다.

그의 죽음 전까지, 정아는 아빠의 죽음을 친분의 증표로 상대에게 알렸었다. 자신이 태어나던 해에 아빠가 죽었다는 사실을 덤덤하게, 그럼으로써 더욱 슬프게 들리도록 전했다.

그러다 보니 스스로도 아빠의 죽음을 슬퍼한다고 믿는 지경
에 이르렀으나, 그의 죽음과 함께 깨닫게 되었다. 자신은 아빠
의 죽음을 슬퍼한 적이 없다. 진짜 슬픔은 다른 것이었다. 꾸
밈과 포장으로는 흉내도 낼 수 없는, 숨이 안 쉬어져서 위급
한 상태 같은 거였다. 그 차이를 알고 나서야 분리가 가능했
다. 엄마의 남편이 죽은 것은 슬프고 안타까운 일이지만, 자
신의 아빠가 죽은 것은 단순한 사실일 뿐이다. 아빠가 있어
본 적이 없었으므로 무엇을 상실했는지조차 알지 못한다. 남
편이 있다가 없게 된 엄마와는 다른 것이다. 달력에 기일밖에
기록할 것이 없는 엄마는, 이제 자신까지 잃을 처지다. 이런
생각을 하며 읽지도 못하는 달력의 한자를 빤히 들여다보고
있는데 언니 목소리가 들린다.

"거, 멀었나?"

"아, 어!"

정아는 다급히 달력을 내리고 속옷을 찾는다.

청소를 마친 후에는 쓰레기도 내다 버렸다. 자정이 다 되어
서야 자매는 나란히 누웠다. 만날 때부터 시작된 불편한 기류
는 여전해서 정아는 영 편치가 않다. 어떻게든 잠을 청해 보
려는데 갑자기 언니가 날 선 목소리를 던진다.

"니 우짤 끼고?"

"뭘?"

"엄마가 니 걱정하잖아."

"내를?"

"그라다 이모처럼 산다고."

"이모가 어때서."

"그 말이 아니잖아."

언니 말처럼, 엄마 걱정의 대상은 이모가 아니라 자신이다. 정확하게는 사별한 막내딸. 엄마는 그를 만난 적이 없다. 그와 사귀는 동안, 결혼할 사람을 데려가겠다며 농담처럼 지껄였던 기억은 있다. 그의 죽음도 이야기했던가? 기억에 없다. 언니가 이야기했을까? 별로 중요해 보이진 않는다. 그의 장례식 이후 반년 정도 엄마를 포함한 모두와 연락을 끊고 지냈었는데, 아마 그때 언니에게 뭔가를 물었을 것이다.

"그래서 뭐라고 했는데?"

"사실대로 말했지."

"어디까지?"

"뭘, 어디까지고. 내가 뭐라 하겠노?"

어둠 속에서도 이글거리는 언니의 안광이 느껴진다. 여태 짐작으로만 그럴지도 모르겠다, 했던 것이 이제 확실해졌다. 엄마는 정아의 사별을 알고 있었다. 언니는 말을 이었다.

"엄마가 내 친구들한테 니 누구 소개 좀 해 달라고 부탁하드라."

"그랬나."

"어."

"내한테는 별말 없드만."

"종양은 스트레스로 커진다."

그래서 어쩌라고? 다시 목구멍까지 튀어 올라오는 말을 삼킨다. 정아는 돌아누우면서 자신의 동작이 적대적으로 느껴질까 봐 작게 말한다.

"자라. 아침부터 운전해야지."

"어. 니도 자라."

하지만 벽을 향해 누운 정아는 눈을 뜬 채다. 잠들 수 없을 것 같다. 종양은 스트레스로 커진다는 말의 꼬투리를 꽉 움켜잡았다. 엄마의 암이 자기 때문이라는 건가, 그렇게 생각할 수도 있는 건가, 싶다. 누군가의 책임이어야 한다면 그건 언니와 자기가 반씩 나누어 맡아야 한다. 혼자 부담하기엔 억울하다. 그러다 문득, 언제나 언니보다 모자랐던 과거가 찌르듯이 떠오른다. 거기다가 그의 죽음까지 걱정을 얹었으니 어쩌면 자기 때문일지도 모른다는 생각이 든다. 그러고는 그 생각에 속이 상한다.

*

　다음 날, 엄마 짐을 병실로 옮겨야 해서 아반떼로 서울까지 왔다. 장거리 운전으로 긴장한 탓인지 언니는 오늘도 저기압이다. 고속도로에서 출판사 연락을 받은 정아는 병원 근처에 내려 달라고 했다. 데려다준다고 할 법도 한데, 언니도 별말이 없다. 자매는 어느 틈엔가 조금이라도 빨리 헤어지고 싶은 타인이 되어 버렸다.

　"마치고 바로 갈게."

　"어."

　차 문을 닫고 인도에 서니 온몸에 힘이 빠진다. 긴장했던 근육들이 스르륵 허물어져서 움직이기가 힘들다. 지하철역은 바로 앞이지만 정아는 택시를 불러 세운다.

　엄마가 입원한 이후, 정아는 일을 받지 않았다. 언니는 맡은 강의를 뺄 수가 없으니 정아라도 스케줄을 비워 두어야 했다. 상황을 예측할 수 없었기 때문이다. 하지만 병원 생활에 익숙해지고 보니 따분한 시간을 버티는 데 일만 한 게 없겠다 싶어, 지난주에 고호민에게 다시 일을 부탁했다.

　출판사 문을 열어 주는 고호민은 오늘도 부스스하다.

　"또 여기서 잔 거야?"

　"그래, 나도 반가워."

정아의 물음을 익숙하게 패스하며 거하게 기지개를 켠다. 고호민이 정신을 차리는 동안 정아는 소파에 앉아 테이블 위 시안을 확인한다.

"이거야?"

순식간에 입에 칫솔을 문 고호민은 크게 고개를 끄덕인다. 여성 잡지에 들어가는 별자리 소개란을 채우면 된다. 콘셉트는 여신으로 정해졌다. 메모들을 세세하게 확인하는 정아에게 그새 양치를 끝낸 고호민이 말한다.

"무조건 아름답게, 알지?"

"부정적이고 아름다운 건?"

"고거 좋지. 오빠 팜므파탈 좋아하잖아."

"뭐야. 어쩌라고."

"메모해 두고, 응? 주변에 좀 찾아보고."

정아가 눈을 흘기면 그제야 고호민은 일 얘기로 돌아와 대충 느낌적인 느낌으로 하라며 파일북에 시안을 구겨 넣는다. 빠뜨린 게 없나 확인하며 정아가 말한다.

"컨펌은 메일로 받아도 돼? 다음 주에 경주 가거든."

"어머니?"

"응."

"경주엔 왜?"

"대체의료기관. 좀 사이비 같지?"

"무슨. 잘 알아보고 했겠지."

진지한 표정을 지어 보이는 고호민의 입가는 치약이 묻어 엉망이다.

"거, 세수도 좀 하지?"

"뭐 묻었어?"

"간다."

볼일을 끝낸 정아가 일어서려는데 고호민이 같이 밥이나 먹자며 잡는다. 새로 뚫은 설렁탕집이 있다며 자기가 육수를 고아 낸 양 떠들어 댄다. 정아도 병실로 바로 가고 싶지는 않았던 터라 별말 없이 따라나선다.

오늘따라 고호민은 먹성이 좋다. 특대 설렁탕에 밥을 말아 술술 잘도 마신다. 앞에 앉은 정아는 깨작거리고만 있다. 의미 없이 숟가락으로 뽀얀 국물을 휘휘 젓다가는 대뜸,

"오빠, 우리 엄마 좀 만나 줄래?"

"응."

"뭐?"

"그러자고."

너무 쉽게 허락이 떨어지자 오히려 정아가 구구절절 설명한다.

"있지, 엄마가 내 사정을 알아서 걱정이 많나 봐. 언니 친구한테 소개팅 부탁하고."

여기까지 말하고 정아는 고호민을 빤히 본다. 듣고는 있는 건지 고호민은 열심히 남은 건더기를 입으로 나르고 있다.

"그래도 만나 줄래?"

"그래라."

생각하지도 않고 바로 답하는 게 못 미더워 정아는 다시 묻는다.

"진지하게, 어?"

"남자 친구인 척하면 되는 거잖아."

이해를 넘어선 완벽한 분석에, 도리어 정아가 눈을 동그랗게 뜨고 본다. 냉수로 가글을 마친 고호민은 가자, 손짓하며 일어선다.

"뭐? 지금?"

"가면 가지, 왜."

정말 지금 갈 생각인가 보다.

"아니, 며칠 있다가. 미리 밑밥 좀 깔고."

"뭐야, 아직 말씀 안 드린 거야, 우리 사이?"

계산하고 나오는 길에도 고호민은 계속 역할극에 심취해 있다.

"오빠가 아직 결혼은 준비가 안 됐는데."

"됐거든?"

"미술가 집안으로 밀면 되겠다. 고흐, 고갱, 응?"

정아는 어이가 없다. 그런 정아를 본 고호민이 아쉬운 표정으로 말한다.

"아, 어머니껜 너무 하이인가?"

"재미없어, 그거. 진심이야."

"너는 콤비로서 아이디어를 그렇게 묵살하면 써? 그럼 뭐라 그래."

"그냥 인사만 해, 인사만."

"에이, 그게 또 그게 아니지. 이왕 하는 거. 아, 그래야겠다!"

"하지 마."

"어머니 기분 좋으시게 재벌이라 그러자."

"어딜 봐서 재벌이니?"

"때 빼고 광내면 느낌 나지, 왜. 오빠 귀티, 응?"

떡진 머리를 쓸어 넘기는 고호민을 흘겨보다가 정아는 저도 모르게 웃음이 샌다. 그걸 본 고호민은 정장을 빌려 입겠네, 파마를 해 보겠네, 재잘재잘 신이 났다.

그날, 그의 장례식장에 제일 먼저 달려와 준 이도 고호민이었다. 그닥 친하다고 생각해 본 적은 없는데 대부분의 이벤트를 함께했다. 정아가 신입생이던 시절, 복학생 고호민은 무슨 부심인지 군복을 입고 다녔고 정아는 그런 선배를 강의실 의자쯤으로 여기며 지냈다. 그러다 동아리 회장과 부회장을 나란히 맡게 되어 볼 일이 많아졌다. 공모전에서 1등을 먹어 철철 울던 때에도, 떼먹힌 알바비를 받으러 갈 때에도 왜인지 고호민과 함께였다. 서로가 누구와 어떤 연애를 했었는지를 알고 연애 후에 얼마나 추했었는지도 안다. 그래서인지 그와 사귀기 시작했을 때, 정아는 이상한 의무감에 함께하는 자리를 만들었다. 그때, 고호민은 이렇게 너스레를 떨었다.

"제가 정아를 업어 키운 사람입니다."

빈말은 아니다. 그 시절, 술에 취한 정아를 제일 많이 업어 나른 게 고호민이었다. 그와 고호민은 위닝을 하며 금세 친해졌는데 서로의 플레이를 칭찬하는 모양이 정아 눈에는 아주 꼴사나웠었다.

그랬지, 그랬었지. 정아는 병원으로 돌아가며 이런저런 기억을 떠올리다가 그런 고호민과 연인 행세를 하려는 스스로가 우스꽝스러워서 걸음을 멈춘다. 머리를 세차게 흔들고는 남 말하듯, 오래 살고 볼 일이지 싶다.

3부

7

새 거처인 하늘의원으로 이사한 날, 엄마는 4000만 원이
든 통장을 내놓았다. 쌈짓돈을 모아 두었겠거니 예상은 했지
만, 생각보다 큰 액수에 언니도 정아도 놀랐다. 목욕탕 청소와
식당 보조로 그 정도를 모을 수 있다니 상상하기 힘들었다.

언니가 대기업에 취직해 함께 살 때, 자매는 머리를 모으
고 엄마의 능력에 관해 이야기를 나눈 적이 있다. 당시 꽤 좋
은 보수를 받던 언니는 돈을 모으지 못했다. 식비와 집세 등
이리저리 나가는 구멍이 더 컸다. 정아가 벌어 오는 알바비를
합해도 언제나 마이너스였다. 도대체 엄마는 어떻게 딸들을
먹이고 키워 내고 거기다 저축까지 했을까? 자매가 살던 서
울 집 보증금은 엄마에게 빌린 것이었는데 엄마는 사채라며

이자 5부를 꼬박꼬박 받아 냈다. 언니는 4000만 원 통장을 앞에 두고 이 돈이 그 돈이지 싶다며 슬프지도 기쁘지도 않게 추측했다.

언젠가는 엄마가 놀면서 돈을 쓰기만 할 날이 오리라 믿었다. 티브이나 길거리에서 고상한 사모님과 마주칠 때면 우리 엄마한테도 저 여유를 선물해 줘야지, 다짐했었다. 마음만은 효녀였다, 마음만. 그런 날이 오지 않을 것으로 판명 난 지금, 자매의 게으름을 엄중히 책망하는 통장이 눈앞에 놓여 있다. 부끄럽게도 이 통장 덕분에 자매는 큰 근심을 덜었다. 하늘의원은 월 입원비가 300만 원이 넘는다. 각종 약재에 침까지 더하면 400만 원이 넘는 달도 있을 것이다. 죄송하게도 엄마의 4000만 원은 쓰일 수밖에 없다.

하늘의원의 일과는 이러하다. 거동이 자유로운 환우들은 아침 8시에 식당에 모여 간단한 체조를 한다. 10분 남짓한 세트가 끝난 후에는 손뼉을 치면서 와하하, 소리 내어 웃어야 한다. 그다음엔 조식을 먹고 준비된 차까지 마시고 나면 자유 시간이다. 주 3회는 11시에 한의사 선생님이 오고 순서대로 침을 맞거나 뜸을 뜬다. 양의사 선생님은 금요일마다 와서 별도의 검진을 해 준다. 그리고 12시, 점심을 먹고 자유 시간. 5시에는 온갖 약재를 풀어놓았다는 목욕탕이 오픈한다. 저녁 식사 후 7시가 되면 다시 모여, 명상과 간단한 체조로 하루를 마무리한다.

아무 일도 없이 멍하게 있다 보면 부정적인 생각이 일기 마련이므로 각종 프로그램으로 건강의 에너지를 깨워야 한다는 게 면담 때 원장이 설명한 운영 목표였다. 기다림의 시간 동안 엄마의 컨디션이 악화되는 걸 경험한 터라 자매는 이 방식이 반가웠다. 할 일을 만들어 준다는 것만으로도 고마웠다.

하루 종일 새 일정을 익히느라 어리둥절했던 엄마에게 최고 난이도의 시간이 왔다. 저녁 명상을 마치며 원장이 공지한다.

"오늘 새로 오신 환우가 계세요. 자, 인사 부탁드립니다."

엄마 양옆으로 앉아 있던 정아와 언니는 순간, 움찔한다. 예측하지 못했다.

"아, 저희는,"

언니가 대신 인사를 하려는데, 원장이 남다른 포스로 막는다.

"환우분이 소개해 주시죠."

언니는 입을 꾹 닫고 엄마를 본다. 엄마는 머릿속으로 뭔가를 정리하는 듯 침묵하다가 입술을 연다. 엄마의 아랫입술이 분명하게 떨리고 있어서 정아도 덩달아 떨린다.

"안녕하세요, 박선희입니다."

제대로 소개를 해낸 엄마는 앉은 자리에서 고개인사를 하고는 눈을 들지 못한다. 주변에서 박수로 맞아 주는 동안에도 뭐가 그렇게 부끄러운지 고개를 숙이고만 있다.

　일과를 마친 후, 엄마를 방에 모셔 놓고 언니와 주차장에서 간단한 스케줄을 짰다. 첫 일주일은 정아가, 다음 주는 언니가 지내기로 한다. 엄마가 없는 주차장에서 언니의 얼굴에 남은 것은 피곤함뿐이다.

　하늘의원에서 엄마는 허리 보호대와 목발을 이용해 다녔는데, 통성명을 피하던 병원에서와 다르게 환우들과 인사를 주고받으며 말을 섞었다. 그 덕분에 정아는 빠르게 캐릭터를 파악할 수 있었다. 예쁘장한 아가씨는 백혈병이고 마산 아줌마는 유방암, 멋쟁이 할아버지는 췌장암이다. 식당에서 식사가 가능한 환자가 스무 명 남짓이고, 각 방에 누워 있는 중증 환자는 열 명 정도라고 한다. 대부분이 불치의 중병을 앓고 있었지만 죽음을 기다리기만 하는 사람들로는 보이지 않았다. 그리고 그게 엄마의 마음에 들었다.

*

　나흘째 되는 날, 부슬부슬 비가 내렸다. 정아는 몸이 축축

쳐져서 늦잠을 자고 싶지만 엄마가 나가고 싶어 하는 것 같아서 함께 채비하고 식당으로 내려왔다. 엄마는 아침 체조가 재미있는지 곧잘 따라 한다. 그리고 마무리 웃음 체조.

"자, 와하하, 배 속에 기운을 모두 내보내세요. 와하하."

정아는 비도 오고 전혀 웃을 기분이 아니라서 헐렁이 박수를 치며 아아, 입만 벌리고 있는데 그걸 본 원장이 큰 소리로 지적한다.

"보호자분이 더 힘을 내 주셔야죠. 자, 이렇게. 와하하하."

시범을 보이는 원장의 모습이 컬트 영화의 주인공 같다. 입을 벌리며, 목젖이 보일 정도로 웃어 젖힌다. 이상한 비트의 손뼉은 덤이다. 첫날에도 느낀 거지만 이건 정말 아니지 싶다. 엄마는 막내딸이 공개적으로 놀림을 받는 게 즐거운 듯 다른 환자들과 함께 정아를 빤히 본다. 위기를 모면하고 싶은 정아는 아무렇게나 얼굴을 일그러뜨리며 아하하, 손뼉을 힘껏 친다. 그러다 보니 희한하게도 뭔가 즐거워지는 기분이다.

"좋아요, 다 함께! 와하하하."

통 웃지 않던 엄마도 짝짝짝 손뼉을 치며 입을 크게 벌리고 웃는다.

식사를 마친 엄마는 낮잠을 자고 정아는 받아 온 일인, 잡지에 들어갈 별자리 여신을 스케치하고 있다. 그림 칸 옆에는 연애 팁 위주의 운세 풀이가 적혀 있다. 어디 보자, 물병자리 엄마는 연하 남자를 유심히 살피란다. 얼토당토않은 글을 보다가 병문안 왔던 충청도 아저씨를 떠올려 보는데, 아무리 좋게 봐도 연하로 뵈진 않는다. 뭐, 재미로 하는 거니까. 정아는 황소자리, 솔로 탈출의 기회란다. 이걸 운세라고 챙겨 볼 아가씨들을 위해 분발해야겠다. 가장 쉬워 보이는 전갈자리, 인기를 한 몸에 받는 여신 먼저 그리기로 한다. 오, 팜므파탈. 정아는 왕관을 전갈 모양으로 슥슥 스케치한다.

"잘 그리네."

잠긴 엄마의 목소리에 정아가 고개를 돌린다.

"깼나?"

"어. 일하는 기가?"

"뭐, 간단한 거."

"그런 거는 얼마나 주노?"

컷당 2만 원이라고 말하려다가 허풍을 떨어 본다.

"엄청 많이 준다. 들으면 놀랄걸?"

"돈 10만 원은 주나?"

정아는 뜨끔했지만 콘셉트를 유지한다.

"그런 푼돈 벌라고 이러고 있을까."

"좋겠다, 돈 많이 벌어서."

"어. 내가 건물 사 줄게."

엄마가 피식 웃는다. 박선희 여사가 웬일로 오늘 웃음이 헤

프네. 여세를 몰아야겠다 싶어 정아가 다시 입을 연다.

"남자 친구 온다는데, 엄마 불편하나?"

"니가 남자 친구가 어딨노?"

"왜 없어, 있지."

눈을 보면 들킬까 봐 정아는 전갈 여신의 풍성한 머리칼을 분주히 그려 넣고 있다.

"언제부터?"

아차, 그건 생각하지 못했다. 뭐라고 둘러댈까 하다가 획 고개를 돌려 엄마를 빤히 본다. 정면 승부다.

"내 아직 인기 많거든?"

이번에는 엄마가 시선을 피한다.

"그래 뭐, 데리고 와 봐라."

그리하여 고호민의 경주 방문이 결정되었다. 이곳은 대중교통으로 오기엔 힘들어서 언니에게 픽업을 부탁해야 했다. 전후 사정을 들은 언니는 처음에는 반대했다.

"뭐고, 그게?"

애들 장난하는 거냐며 퉁명스러운 언니에게 정아가 소리를 꽥 질렀다.

"엄마 종양이 내 땜에 커진다며!"

언니는 자기 입에서 나간 문장을 동생 입으로 듣고서야 수긍했다. 정아는 그 태도 변화가 자신의 설득 덕분이라고는 생각하지 않았다. 하늘의원에 온 이후 언니는 거리 문제로 뜸해진 방문객을 아쉬워하고 있었다. 고호민이 아니라 누구라도 엄마를 찾아 주길 바랐을 것이다.

여차여차 당일이 되었다. 시간에 맞춰 엄마를 부축하고 입구로 나가니 고호민을 태운 아반떼가 들어오고 있다. 고호민은 무슨 콘셉트인지 창문을 활짝 열고 엄마를 향해 손을 휘젓는다.

"안녕하세요, 어머니!"

하늘의원 모두가 들을 만큼 목청이 크다. 이건 아니지 싶어 정아는 엄마에게 변명을 늘어놓는다.

"원래는 저렇게 실없는 사람은 아니다, 엄마."

엄마는 대꾸가 없다. 탐탁지 않은 기색이 오롯하다. 좋고 싫은 게 분명한 엄마는 빈말을 하는 법이 없다. 이쪽 상황을 알 리 없는 고호민은 차에서 내려 다급하게 뛰어온다. 양손에는 뭘 또 한가득 사 왔다.

"안녕하세요, 어머니. 고호민입니다. 정아 학교 선뱁니다."

"네, 안녕하세요."

굳은 엄마의 얼굴을 보고는 고호민도 당황한 표정이다. 보다 못한 정아가 나선다.

"선물 사 온 거야?"

"아, 여기 경주빵이 유명하대서. 많이 드셨죠?"

누구든 이곳에 올 때는 경주빵과 함께였고 지금도 냉장고에 잔뜩 있지만 정아는 고맙다며 받아 든다. 뒤따라온 언니가 뻘쭘한 공기를 바꾸며 말한다.

"들어가서 얘기하자."

고호민이 엄마를 도와주려고 팔짱을 끼려는데 탁, 하고 엄마가 밀쳐 낸다. 순식간에 벌어진 일이라 정아는 모든 동작을 보고 있었음에도 어리둥절하다. 민망해진 고호민이 사과한다.

"아, 죄송합니다."

앞서던 언니가 무슨 일인가 싶어 돌아본다.

"왜, 엄마?"

"아니다."

하면서도 손짓으로는 언니에게 부축해 달라, 사인을 보낸다. 황급히 엄마와 팔짱을 끼고 들어가며 언니가 뒤돌아 정아를 본다. 왜? 입 모양이 묻고 있지만 정아는 답할 수 없다. 예상치 못한 전개에 그저 멍하니 섰다.

그 뒤로도 고호민에 대한 엄마의 태도는 바뀌지 않았다. 방에 들어간 엄마는 피곤하다며 누워 버렸고 고호민은 언니와 시시껄렁한 이야기를 나누다가 눈치를 보며 나왔다.

산책로를 걸으며 정아는 엄마를 대신해서 고호민에게 사과한다.

"진짜 미안하다."

"아니야. 니가 왜."

하는데 풀이 팍 죽은 얼굴로 아까의 상황을 복기한다.

"초면에 스킨십은 무리였다, 그지?"

"아니야, 엄마가 컨디션이 안 좋은가 봐."

애써 위로하려는데 쉽지가 않다. 죄책감으로 무거워진 배웅을 하고 방에 올라오니 엄마는 그새 일어나서 티브이를 보고 있다.

"엄마, 그렇게 별로가?"

"뭐가."

"완전 티 나게 싫어하드만."

"내가 언제."

싫어할 수는 있지만 내빼는 건 좀 아니지 않나 싶어 정아가 발끈한다.

"그래도 노력해서 온 사람한테. 내가 다 민망하더라."

"그랬나?"

"어, 엄청. 뭐가 그렇게 별로였는데?"

묻다 보니 정말 궁금해져서 정아는 엄마의 이유를 꼭 알고 싶다. 몇 번이나 눙치려던 엄마는 정아가 집요하게 되묻자 툭 던지듯이 답한다.

"내는 선하고 맑은 사람이 좋다."

"뭐고 그기. 그라면 고호민은 악하고 탁하나?"

"야가, 무슨 말도 안 되는 소리를 하노."

"엄마 말이 그렇잖아."

투정 부리고는 있지만 정아는 사실 기분이 그리 나쁘지 않다. 이런 상황에서도 막내딸의 짝에 대한 확고한 기준을 고수하는 엄마가 고맙기까지 하다. 궁색했던 자신과 달리 엄마는 신념을 지키고 있다. 사별한 딸이라고 아무나에게 떨이로 넘기진 않겠다는 거다. 그런 엄마를 두어서 정아는 어깨가 으쓱하다. 그러고는 곧장, 졸지에 '아무나'가 되어 버린 고호민에게 조금 더 미안해진다.

언니와 교대하고 서울로 올라온 정아는 고호민과 만나기로 했다. 출판사 근처 카페에는 정아가 먼저 도착했다. 나오는데 갑자기 사장이 들이닥쳤다며 고호민은 조금 늦었다.

"오, 당 떨어져."

피곤한 얼굴로 맞은편에 앉으며 고호민이 말한다. 정아가 냉큼 일어선다.

"핫초코 같은 거 있던데, 시켜 줘?"

대답도 듣지 않고 주문하고 온 정아는 앉기가 무섭게 파일북을 꺼낸다.

"스케치 가져왔는데 볼래?"

"어? 어."

그렇게 별자리 여신 회의를 하다 보니 핫초코에 마카롱이 함께 나온다. 정아는 트레이에서 핫초코와 마카롱을 들어 고호민에게 밀어 주며 혼자 분주하다. 고호민이 한마디 한다.

"정신없어, 기집애야."

"아, 응."

그제야 정아는 민망해진 손을 쏙 모은다. 농만 주고받던 사이라 정중히 사과하려니 쉽지가 않다.

"있지……."

하는데, 팔에 우두두 닭살이 돋았다. 스스로도 놀라서 옷소매를 걷어 올리고 본다.

"보여? 내가 이렇게 힘겨워, 지금."

"내가 생각을 해 봤는데 말야."

"응?"

"경주빵이 악수였던 거 같아. 방에 박스 엄청 많더만. 미안해."

고호민도 나름대로 마음을 쓰고 있었구나 싶어서 정아는 진심으로 미안하다.

"오빠가 왜."

"어머니랑은 얘기해 봤어? 나의 어떤 면이 우리 어머님의 구타를 유발했을까?"

말하며 고호민은 허공에 팔을 올리고는 탁, 쳐 내는 시늉을 한다.

"어우, 스윙 감이 아주 그냥. 무슨 운동 하시니?"

정아는 허공에 뜬 고호민의 손을 꽉 잡는다. 놀라서 고개를 드는 고호민과 시선이 마주치자, 정아는 자신도 왜 이러고 있는지 이유를 찾을 수 없어 다급히 손을 놓아준다. 눈에 장난기가 가신 고호민이 작게 웅얼거린다.

"어우, 깜짝이야."

그러고는 아직 뜨거운 핫초코를 벌컥벌컥 마신다. 그런 고호민을 보며 정아는 간신히 목소리를 낸다.

"덕분이야, 정말 고마워."

"내가 뭘 또 그렇게 훌륭했는진 모르겠지만, 그래라."

그리고 헤어질 때까지 예전처럼 장난은 주고받았으나 두 사람은 한 번도 시선을 마주치지 않았다. 정아가 고호민의 손을 잡은 그때, 맞닿은 피부에서 시작된 저릿한 감각이 각자의 몸을 타고 흐르기 시작했기 때문이다. 그 감각은 서로를 예전과는 전혀 다른 낯선 존재로 느끼게 만들었다. 언급은 피했지만 그 변화가 뭘 뜻하는지 둘 다 잘 알고 있었다.

8

날이 제법 포근해졌다. 정아는 엄마와 오랜만에 산책하러
나왔다. 엄마가 손짓으로 개나리가 있다고 알려 주어서 정아
는 휠체어를 세웠다. 가지 사이 연두색 창살 끝으로 노란 꽃
잎이 몇 개씩이나 터져 나와 있었다. 손으로 날짜를 헤아리려
보니 벌써 2월 말이다.

그가 죽고 처음 맞는 봄에, 정아는 모든 꽃들에게 비판적
이었다. 남의 집 담벼락에 핀 목련을 쏘아보며 죽은 척했던
주제에 버젓이 살아 있네, 속으로 경멸했다. 겨울에는 위장이
가능했다. 모두가 절망이었으니까. 믿었던 주변은 봄과 함께
희망으로 변절하고 정아만 남았다. 배신감에 치를 떨며 바닥
에 떨어진 꽃잎을 샅샅이 밟아 으깼었다.

하지만 이번 개나리는 다르다. 메마른 가지에서 새싹이 돋아나듯 엄마의 몸에도 새싹이 돋을지 모른다. 그 무심한 반복에 홀려 정아도 덥석 희망을 품게 되었다. 엄마가 죽지 않을지도 모른다. 희망은 눈앞에 있는 개나리처럼 생생해져서 이제 명확한 미래가 된다. 엄마가 건강해지면 절대 잊지 말아야지. 엄마가 얼마나 소중한지를 꼭 기억해야지. 야무지게 다짐까지 하는 정아의 눈은 한 장의 꽃잎도 놓치지 않으려고 분주하다.

"하이고야, 야 좀 봐라."

엄마의 목소리에 정아가 몸을 숙인다. 엄마가 가리키는 곳에는 노란 덤불들 사이에 눈치를 보듯 흰 꽃이 몇 송이 웅크리고 있다.

"이쁘제?"

어찌 보면 소박하고 어찌 보면 볼품없다. 엄마 취향이 이랬나 싶어 묻는다.

"엄마는 이런 게 이쁘나?"

"이쁘지, 와."

"그래? 엄마, 꽃 좋아했나?"

"좋지."

"그래?"

"뭐이 다 묻고 땡이고, 와?"

집에는 화분도 일절 없다. 엄마가 꽃을 좋아할 거란 생각은 해 보지 못했다.

"무슨 꽃?"

"핀 거는 다 이쁘지."

"꺾어 갈까? 방에서도 보게."

"그라면 쓰나. 이래 봐야 이쁘지."

"그런 거가?"

"그래. 꺾은 거는 별로다."

단호하게 말하는 엄마의 눈은 하얀 꽃잎을 향해 있다. 정아는 몰랐다. 엄마가 꽃을, 그것도 야생으로 핀 꽃을 좋아한다는 사실을. 비집고 피어난 작은 들꽃에 더 눈이 간다는 것도, 꺾으면 별로가 되는 룰이 있다는 것도, 아무것도 몰랐다. 그리고 엄마의 이런 취향을 뒤늦게 배우면서 자신에 대해서도 조금 더 알게 되었다.

정아는 동물을 좋아하지만 동물원에는 잘 가지 못한다. 그곳에 있는 동물들을 보면 이상한 죄책감에 마음이 괴롭기 때문이다. 보고 싶은 마음을 꾹꾹 참다가 도저히 안 되겠다 싶을 때만 가서 코끼리며 고릴라며 기린을 하루 종일 보다 오곤 했다. 그럴 때도 돌아오는 길이 편치는 않았다. 언젠가 함께 귀가하던 그가 정아에게 물었다.

"야생동물은 야생에 있어야만 한다는 거지?"

"응."

"디테일하게 빡세네."

"그런가?"

"왜 그런 거야?"

"그냥, 원래 그랬는데."

오늘에야 정아는 자신의 마음을 이해한다. 엄마 배 속에서 그 불편한 마음을 어찌어찌 전달받아 현재의 자신이 된 것이다. 어떻게 보면 별것도 아니지만 정아에게는 중요한 깨달음이다. 원래 그런 줄 알았던 자신의 취향에 근거가 있음을 알게 되자, 엄마에게 자신을 하나라도 더 묻고 싶다. 왜 특정한 시간, 4시 44분이나 11시 11분에 급격히 즐거워지는 것인지, 왜 까만색을 좋아하는 것인지. 엄마라면 '그냥'인 줄 알았던 것들의 이유를 알려 줄 수 있을 것 같다. 그 솟구치는 욕구에 휠체어 손잡이를 잡은 손가락 마디마디마다 하얗게 힘이 들어갔다.

그날 저녁 정아는 경주에 간 이후 처음으로 호흡곤란이 왔다. 오늘 같은 시간이 다시는 없을 것 같아서, 함께 있는 엄마가 너무 그리워서 산책로로 뛰어나가 하염없이 가슴을 치고 들어왔더니 엄마는 자고 있었다. 그 얼굴을 잠시 바라보다가 정아는 스탠드를 켜고 누워 낮에 본 개나리를 그리고 또 그렸다. 잠이 오지 않는 이른 봄밤이었다.

*

며칠 후, 한의 치료를 받으러 정아와 엄마는 별관으로 갔다. 원장이 입는 것과 비슷한 개량 한복을 입은 한의사는 백발에 줄 안경을 꼈다. 얼핏 봐서는 기인의 분위기를 풍기지만, 한 끗 차이로 사기꾼 같아 뵈기도 한다. 침을 놓을 때는 느린 목소리로 이런저런 질문을 던진다. 처음에는 소극적으로 예, 아니오만 하던 엄마가 한 달이 지나고부터는 제법 두런두런 대화를 나눈다. 한의사가 침을 놓아 주는 것보다 말동무가 되어 주는 게 좋아서 경계하던 정아도 어느새 마음을 놓았다. 오늘은 뒷산에 핀 꽃 이야기로 시작했다. 한의사가 찔레꽃이 피었는데 보셨냐, 달여 먹으면 향이 그렇게 좋다, 알려 주자 엄마가 눈을 동그랗게 뜨고 묻는다.

"동백도 안 졌더만 찔레꽃이 폈어요?"

"네, 올해는 나란히 폈더라고요."

"보고 싶네요."

엄마는 볼에 홍조까지 띠고 신이 났다. 그때 한의사가 질문을 바꾼다.

"누구 보고 싶은 사람 있어요?"

단순히 말을 받아 묻는 것도 같고 치밀하게 의도한 것도 같아서 정아는 조금 놀란다. 엄마는 입을 닫고 시선을 떨어뜨린다. 한의사가 단호한 말투로 거듭 묻는다.

"만나고 싶은 사람, 있어요?"

엄마는 여전히 바닥을 내려다보고만 있다. 끊어진 대화를 이을 생각이 없어 보인다. 하지만 한의사는 물러서지 않고 엄마를 본다. 대답을 받아 내고야 말겠다는 듯 고집스럽다. 그리고 그런 한의사가 정아는 더없이 고맙다. 궁금하지만 용기가 없어 묻지 못했다. 정아는 귀를 열고 엄마의 대답을 기다린다. 머뭇거리며 뜸을 들이던 엄마가 천천히 입을 연다.

"엄마요."

"그래요? 엄마가 보고 싶으세요?"

"네."

정아는 엄마가 내뱉은 '엄마'라는 단어에 피가 아래로 쏠려 얼굴이 저릿하다. 경보처럼 온몸에 신호가 퍼진다. 큰일이다, 망했다, 끝이다, 라는 목소리가 끊임없이 솟구친다. 절대 놓쳐선 안 되는 걸 놓쳐 버렸다.

처음부터 엄마는 외할머니를 부르면 안 된다고 했고 말 잘 듣는 자매는 그 속뜻을 헤아리지 못했다. 엄마는 엄마의 엄마가 보고 싶다. 한의원을 나온 정아는 엄마 몰래 언니에게 전화해서 이 사실을 알렸다. 지금이라도 놓친 걸 바로잡고 싶었다.

"외할머니한테 언니야가 연락해 봐."

다급한 정아와 달리 이 놀라운 소식을 들은 언니는 잠시 말이 없었다. 그러다가,

"엄마한테 물어보고 해야지."

"보고 싶다고 말했다니까."

"실제로 만나는 거랑 다르잖아."

몇 마디를 주고받다 보니 언니의 말에도 일리가 있다. 한의사한테 내뱉은 말 때문에 덜컥 외할머니를 부르는 건 엄마에게 예의가 아닌 것도 같다. 자매는 평소보다 길게 통화했음에도 별다른 방법을 찾지 못한 채 전화를 끊었다.

외할머니 성차경 여사는 경남 창녕에 혼자 살고 계신다. 정아가 대학생이 되던 봄에 엄마를 따라 외할머니댁에 간 적이 있다. 시즌이 시즌이라, 삼대가 쭈그려 앉아 쑥을 뜯었다. 노동 덕분에 무뚝뚝한 입에서 입으로 줄줄 수다가 이어졌다. 생리 중이던 정아가 꺼낸 생리통 이야기는 임신을 지나 출산 이야기로 향하고 있었다. 엄마는 가끔 이상한 걸 끌어와서 자매를 칭찬하곤 했는데, 그중에서도 으뜸은 진통 없는 출산이었다. 태어나면서부터 효도를 한 셈이라는 거다. 얼마나 칭찬할 게 없으면 그럴까 싶어서 별로 좋아하지 않는 레퍼토리였다. 정아가 외할머니는 어떠셨느냐 물었더니, 너무나 당연하다는 얼굴로 농사가 힘들지 애 낳는 건 일도 아니라고 했다. 그러면서 덧붙이길, 외삼촌과 이모는 산파가 있어서 수월했는

데 엄마는 밭일하다가 혼자 낳게 되어 탯줄도 본인이 끊었단다. 듣던 정아는 놀라서 재차 물었다.

"진짜, 진짜요?"

"와 비싼 밥 묵고 농을 지기겠노."

"안 아팠어요?"

"아플 게 뭐가 있노. 나올 아가 나온 긴데."

그렇게 나올 엄마를 낳고는 곧장 밭일하러 갔다고 했다. 하드코어한 출산 이야기에 충격을 받은 정아는 엄마를 돌아봤다. 여러 번 들어 익숙한 듯 엄마는 무표정으로 쑥을 뜯고 있었다. 정아는 뽑아낸 쑥 뿌리를 보며, 상상으로 탯줄을 끊어냈다. 쑤욱 뽑아서 싹둑, 싹둑. 그날 정아의 머릿속에서 엄마의 탯줄은 몇 번이나 다시 잘렸다.

외할아버지는 엄마가 어릴 때 돌아가셔서 외할머니는 혼자 힘으로 아들 하나와 딸 둘을 키워 냈다. 쑥 뜯던 다음 해에 외삼촌이 죽었으니 이제 외할머니도 딸 둘, 엄마도 딸 둘. 묘한 데칼코마니다. 외삼촌의 장례식에 외할머니는 오지 않았다. 일을 치른 후 외할머니댁을 방문했을 때 아무도 장례식 이야기를 꺼내지 않았음에도 외할머니는 반복해서 말했다.

"다 명이 있는 기다. 다 지 명이 있는 기다."

정아는 그런 외할머니가 멋있어 보였지만 엄마는 듣기 싫었나 보다. 함께 먹으려고 준비해 간 음식을 한쪽에 밀어 두고 엄마는 일어서 버렸다. 외할머니를 남겨 둔 채 자매도 얼렁뚱땅 엄마를 따라 나왔다. 그게 정아에겐 마지막 방문이었다.

9

엄마가 엄마의 엄마를 꼭 만나게 해 줘야지, 라는 결심은 쉽게 잊혀졌다. 개나리를 만난 이후 날씨는 빠른 속도로 뜨거워지고 있었다. 긴장이 풀어진 정아는 예전의 생각 없는 딸로 돌아가기 일쑤였다. 늦잠을 자는 날이 많아졌고 비가 오거나 하면 하루 종일 까칠했다.

얼마나 퍼져 있었던지 갑갑하다며 에어컨을 틀어 달라는 엄마에게 리모컨을 가리키고는 ON을 누르라며 아무렇게나 지껄여 버렸다. 난처해하는 엄마의 표정을 읽고서야 아차 싶었다. 그랬지, 엄마는 뭐가 ON이고 OFF인지 모르지. 머리통을 후려치는 언니도 없고 사과하기도 어색하고 해서 정아는 어물쩍 에어컨을 틀어 주고서 매점에 가겠다며 방을 나왔다.

애용하는 주차장 흡연실에 쭈그리고 앉아서 반성이라는 걸 해 보려고 폼을 잡았으나 그 또한 쉽지 않았다. 매일을 함께 지내다 보니, 효심으로 가득 찼던 딸은 사라지고 다시 뚱한 딸만 남았다. 그렇게 5월이 되었고 의사가 말한 3~4개월 하고도 한 달이 넘게 엄마는 살아 있다.

오늘은 정아의 생일이다. 선물이나 케이크 따위는 바라지도 않는다. 그래도 엄마는 기억해 주겠지, 내심 기대하고 있었는데 어제부터 기미가 없다. 아침에 눈을 떠서도 평소와 다름없이 세수를 하고 체조를 하러 간다. 자기가 먼저 말하면 될 것을, 정아는 삐친 마음에 꽁해 있다. 원장은 맨손체조 대신 강도를 높여 108배를 해 보자고 한다. 각자 컨디션에 맞춰 수를 조정해 보라며 시범을 보인다. 108배라면 엄마가 전문가다. 자매에게 큰 시험이 있을 때마다 절에 가서 1000배도 거뜬히 올렸었다. 그런데 지금은 절은 고사하고 고개를 숙이기도 힘겨워 보인다. 엄마는 아쉬워하며 정아에게 대신 권한다.

"니도 따라 해 봐라."

"내가 절을 와 하노."

정아는 예전의 버릇대로 엄마에게 쏘아붙인다. 원래는 싫다고 하면 그래라 그럼, 하고 두 번 권하지 않던 엄마가 오늘은 왠지 포기하지 않는다.

"에이, 그래도 한번 해 봐라."

"싫다."

짜증이 또렷한 정아 얼굴을 봤으면서 또,

"그래도 한번 해 봐라."

생일은 기억도 못 하면서 절은 왜 하라는 거야? 갑자기 억울해진 정아는 분명한 적의를 담아 엄마를 쏘아보며 방으로 올라와 버렸다. 자신의 유치한 행동에 스스로도 어처구니가 없지만 솟구치는 서러움을 어쩌지 못하겠다. 엄마가 자신만 미워한다, 라는 이상한 논리까지 가져다가 한참을 이불 속에서 꿈틀거리다 보니 놀랍게도 잠이 들었다. 얼마나 지났을까, 문이 열리는 소리에 깼다. 도우미 아줌마의 부축을 받고 엄마가 들어오고 있다. 정아는 정신이 또렷함에도 기척 않고 숨을 죽인다. 엄마가 도우미 아줌마에게 건네는 목소리가 들린다.

"고마워요, 아가 자나 보네요."

"네, 쉬세요."

엄마는 혼내지 않았고 정아도 사과하지 않았다. 언니가 교대하러 올 때까지 말 한마디 섞지 않은 채 그러고 있었다. 언니는 저녁을 먹은 후에 왔는데 방에 감시 카메라를 설치한 것도 아니면서 신묘하게 정아의 죄를 눈치채고 불러냈다. 보험이며 대출을 알아보고 온 언니는 피곤한 얼굴이다.

"니 뭐고? 와 그라는데?"

"내가 뭘?"

"왜 지랄이고, 있기 싫음 치아라."

"누가 있기 싫다나?"

"그라믄 뭔데? 엄마 앞에서 얼굴 구기지 말라 했제."

엄마의 권위를 업고 언니는 언제나 자기가 법을 만든다.

"니가 뭔데?"

"뭐?"

"오늘 내 생일이다."

내뱉어진 자기 목소리를 듣고 정아는 쭈뼛 소름이 끼친다. 주워 삼키고 싶은데 언니가 바로 잡아챈다.

"그게 뭐, 어쨌다고."

언니는 지나가는 누군가 들을까 봐 목소리를 낮추고는 있지만 단단히 화가 났다. 동생의 어리광을 받아 줄 생각은 없어 보인다. 서로를 노려보는 눈에 날이 선다. 짧은 눈싸움만으로도 자매는 안다. 여기서 물러나지 않는다면 깊은 내상을 주고받게 될 것이다. 세상 제일 불쌍한 엄마를 가진 세상 제일 불쌍한 딸로서, 상대의 무기가 얼마나 막강한지는 누구보다 서로가 잘 안다.

*

서울로 올라가는 KTX 옆자리에는 땅콩을 까 먹는 아줌마가 앉았다. 정아는 방해를 받고 싶지 않아서 이어폰을 끼고 눈을 감는다. 생각이라는 걸 해야 한다. 혼자 있고 보니 언니의 시선으로 자신이 보인다. 죽어 가는 엄마 앞에서 생일 타령이라니, 한심할 노릇이다. 하지만 정아는 간절했다. 변명은 되지 않겠지만 이상하게도 이번 생일에는 축하를 받고 싶었다. 그리고 그 간절함에 차곡차곡 논리와 근거를 쌓아 가다 보니 어느새 눈두덩이가 뜨거워졌다. 열기는 눈물을 만들지 못한 채 서러움으로 머리통을 압박한다.

"정미는 안 그랬는데, 야는 와 이라노?"

그 말을 내뱉던 엄마의 두려움에 가까운 얼굴이 아직도 생생하다. 가르친 게 없는 첫째는 올백을 척척 받아 오는데 유치원까지 보낸 둘째는 나머지 공부가 필요했다.

늦은 밤, 험한 노동을 끝내고 귀가한 엄마는 가정통신문을 확인하고는 어린 둘째를 깨웠다. 선생님 말씀대로 둘째가 바보인지 아닌지 자신이 직접 받아쓰기 시험을 치러 볼 생각이다. 만점을 받은 첫째는 이불 속에서 곤히 자고 있다.

정아는 우수수 비가 내리는 시험지 앞에서 울상이다. 잘 자다가 웬 날벼락인가 싶다. 엄마는 문제를 소리 내 읽는다.

"딸기를 먹어요."

연필을 꼭 쥔 정아는 학교에서 이미 패배했던 전투로 뛰어든다. 이응과 리을, 비읍과 시옷은 언제나 새롭게 싸워야 한다. 을과 를의 전투는, 정아의 세계에서는 기호학적 법칙이 아니다. 딸기가 그릇에 담겨 있는 것이 나아 보이므로 '딸기을' 쪽에 마음이 간다. '딸기를'은 리을이 너무 많아서 답답해 보이기도 하고 여러모로 옳지 않아 보인다. 눈치를 보며 꼭 쥔 연필로 을의 이응을 그리려는 순간, 엄마의 표정이 일그러진다. 그 누구의 계략도 모함도 아니고 진짜 둘째가 바보라는 것을 목도한 것이다. 그 표정에는 좌절뿐 아니라 두려움까지 서려 있어 정아는 자신이 정말 큰 죄를 짓고 있다고 느낀다. 미안하다고, 다시는 안 그러겠다고 빌고 싶지만 엄마는 다음 문장을 내뱉는다.

"나비가 훨훨 날아요."

정아는 손을 부들부들 떨고만 있다. 자신은 엄마가 원하는 그림을 그려 낼 수 없을 것이다. 졸음은 달아났지만 언니 옆에 눕고 싶다. 중학생이 되어 '진퇴양난'이라는 한자를 배울 때 정아는 그날을 떠올렸다. 한자의 획을 그으며 몇백 년 전의 중국 장수들과 깊은 공감을 나눴다.

모자란 둘째 때문에 그 뒤로도 몇 번이나 학교에 불려 간 엄마는 어느 날 밤, 다시 정아를 깨웠다. 허공에 시선을 던진 엄마의 입에서는 이제껏 들은 적 없는 무거운 목소리가 새어 나왔다.

"니는 정미랑 달라서 공부해야 된다. 니는 다르다. 니는 공부해야 된다."

둘째에게는 첫째와는 다른 교육을 해야 한다는, 엄마의 다짐 같은 것으로 기억한다. 그리고 그 의지는 받아쓰기 시험을 칠 때보다 더욱 크고 무겁게 정아를 압박했다. 이렇게 맹하게 있다가는 엄마에게 버림받을 거다, 실제로 울며불며 매달렸는지는 기억나지 않지만 그 절박했던 마음만은 또렷하다.

하늘의원으로 이사 오고 얼마 후, 여전히 들떠 있을 때였다. 옆에 누운 엄마에게 이거 기억하나, 저거 기억하나, 정아가 물었다. 말수가 없던 엄마는 웬일로 나긋나긋 답을 해 주다가 아직도 이해가 안 된다는 투로 물었다.

"니는 와 그래 죽자 살자 공부를 한 기고?"

"머리가 나쁘니까 그렇지."

"니 머리 좋다."

"언니가 좋지, 내 머리 나쁘잖아."

실랑이가 벌어졌다. 정아는 자신에게 트라우마를 남긴 받아쓰기 사건을 구구절절 설명하다가 여의치 않자 어리광으로 방향을 바꾸었다.

"엄마가 맨날 언니랑 내랑 비교하니까 내가 이렇게 삐뚤어진 거 아이가."

"야가 와 이라노. 니나 정미나 똑같이 했구만."

"그니까. 똑같이 하면 안 되지. 다르니까."

"뭐라카노."

"엄마한테 뭐라 하는 거 아니다. 삐졌나?"

"뭘 삐져."

"암튼 그랬다고."

"정아."

"어?"

"니 머리 좋다."

그러고도 몇 번을 도돌이표를 그렸다. 엄마는 끝내 기억해
내지 못했지만 어린 날의 풍경은 오롯이 몸의 감각으로 남아
있다. 떠올리면 저릿저릿하다.

"니는 정미랑 달라서 공부해야 된다."

엄마의 목소리가 기괴하게 일그러지며 열차 내 안내 방송
으로 바뀐다.

"우리 열차는 잠시 후 서울역에 도착하겠습니다."

눈을 뜨니 땅콩 먹던 아줌마는 어디 가고 옆자리는 비어
있다. 정아는 텅 빈 눈으로 역사 밖으로 나와서는 평소와 다
르게 버스 정류장을 지나쳐 걸었다. 오른발 다음 자동으로 왼
발이 나가는 식이었다. 그렇게 걷다 보니 계속 걷게 되어 정아
는 의도치 않게 한 시간을 걸어 집으로 갔다.

기계적인 걸음으로 빌라에 들어서니 집 앞에 택배 박스처

럼 누군가 놓여 있다. 인기척에 고개를 드는 누군가는, 고호민이다.

"뭐야?"

그 표정이 꼭, 니가 여긴 어쩐 일이야? 라고 묻는 것 같아서 정아는 손가락으로 자신의 집 현관문을 가리킨다.

"내, 집, 이라서."

"아, 그렇지."

자세를 풀고 일어서려던 고호민은 다리에 쥐가 난 듯 껑충거리며 말한다.

"전화는 왜 꺼 놨대?"

"그래?"

꺼진 줄도 몰랐다. 정아는 문을 열며 다른 손으로는 핸드폰을 찾는다. 고호민은 한눈에 봐도 케이크가 분명한 박스를 들고 정아를 따라 들어온다.

일렁일렁 불을 밝힌 초가 빼곡하다. 큰 초가 두 개, 작은 초가 아홉 개다. 테두리 마지막 초에 불이 붙자 다급하게 고호민이 외친다.

"불어."

"잠시."

정아는 엄마가 오래 살게 해 주세요, 라고 빌었다가 이런 두루뭉수리는 아니지 싶어, 얼마가 되었건 조금만 더 살게 해 달라고 빈다. 아침에 부린 꼬라지 때문에 기도는 스스로를 제물로 바치기에 이른다. 자기 명에서 얼마라도 떼어 내 엄마에게 이어 달라며 오만 신에게 빌고 나서 들숨과 함께 간절함으로 온몸을 채운다. 공기가 빠져나가지 못하도록 단단히 잠갔다가 재빨리 초에다가 후우, 쏟아 낸다. 마지막 초를 불 때는 남은 숨이 얼마 없어 인상을 쓰며 쥐어짜 내야 했다. 정아의 기묘한 의식을 지켜보던 고호민은 손뼉 칠 타이밍을 잊고 입을 헤벌렸다.

"박수 안 쳐 줘?"

정아가 지적하자 영혼 없이 손뼉을 마주친다. 정아는 해냈다는 자부심에 웃고 있다. 연기가 피어오르는 초를 뽑으며 고호민이 구시렁거린다.

"촛불 불다가 접신하겠어, 아주."

하고는 정아의 눈을 살피며 다시,

"왼쪽엔 흰자위만 보이던데? 보기 흉하드라."

"하려면 제대로 해야지."

"내가 종로에서 도 잡혀갔었잖아?"

또 그 얘기다. 고호민은 기운이 맑다며 접근한 청년들을 따라 기도원에 갔었다. 그곳에서 자신의 3학년 학비를 조상님 제사상에 바치고 일주일 만에 풀려났다. 10년이 다 되어 가지만 멤버들 사이에서 여전히 인기 있는 술자리 메뉴다.

"어우, 지겨워."

"아니야, 아니야. 진짜 너가 재능 있어 봬서 그래."

"재미없어."

"얘 좀 봐. 조상님 모시는 걸 재미로 해?"

그만하라는 듯 정아가 웃음기 가신 눈을 치켜뜬다. 그제야 고호민은 흰소리를 멈추고 주섬주섬 가방을 뒤진다.

"너는 선배 얘기를 무시하는 경향이 있어."

그러고는 생뚱맞은 타이밍에 선물을 건넨다.

"뭐야, 또?"

"오빠가 이렇게 준비가 철저한 사람이야."

뜻하지 않았던 선물에 정아의 눈이 동그랗게 커진다. 뜯어 보니 작은 책이 한 권 나온다. 『제3의 눈』. 작년에 잡지사 의뢰로 정아가 그린 짧은 동화인데, 기획을 고호민이 했었다. 세 명의 작가가 옴니버스 형식으로 그린 걸 밸런타인데이 특집으로 실었다. 고호민은 잡지사 허락을 받아 별책으로 만들게 되었다며 자신이 얼마나 큰 수고를 들였는지를 일일이 나열한다. 그걸로도 모자랐는지 다시 편집하다 보니 그림이 좀 후지더라는 핀잔까지 얹는다. 그러든지 말든지 정아는 겉표지에 볼록하게 인쇄된 '작가 김정아'를 쓰다듬으며 감격 중이다.

"와, 고마워."

고호민은 만화 페스티벌에 『제3의 눈』을 내자고 했고 정아

는 고마움에 고마움이 더해져서 결국 울상을 짓고 만다. 그
얼굴을 보던 고호민이 정아의 등을 툭 친다.

"울지 마, 참아."

"뭔 소리야?"

"지금 막 완전 감동적이고 감사하고 그렇잖아."

"아닌데?"

"울려고 시동 거는 거 딱 걸렸어."

고호민은 자신이 베푼 호의를 자기가 더 간지러워하며 몸
을 툭툭 턴다. 정아는 그 꼴을 흘겨보고는 있지만 기분이 나
쁘지 않다. 뻘쭘하게 몇 마디를 더 나누다가 고호민이 갑자기
일어서더니 가방을 챙긴다.

"뭐야, 가는 거야?"

"그럼, 가지."

괜히 아쉬워진 정아는 엉거주춤 따라 일어선다.

배웅씩이나 해 주는 게 부담스럽다며 고호민은 혼자 가겠
다고 버텼지만 정아는 기어이 버스 정류장까지 따라 나왔다.
밤공기가 선선하다. 버스 오는 방향을 함께 눈으로 살피다가
정아가 입을 연다.

"있지, 나 오늘 엄마한테 화내고 왔다?"

"그랬어?"

"응. 생일 기억 못 해 줘서."

고개를 끄덕이는 고호민은 긍정도 부정도 아닌 얼굴이다. 정아는 말을 이어 간다.

"처음 병원에서 말한 게 길어도 4개월이었거든?"

"응."

"그걸 넘으니까, 일상으로 돌아가 버렸어. 후회할 텐데."

말하고서야 깨닫는다. 그랬구나, 싶다. 마침 기다리던 버스가 달려와서는 칙, 둘 앞에 문을 연다. 고호민이 움직이지 않자 정아가 묻는다.

"안 타?"

"다음 거 타지, 뭐."

떠나는 버스를 잠시 바라보던 고호민이 천천히 입을 연다.

"근데, 후회는 뭘 해도 하게 돼 있어."

평소답지 않게 정갈한 말투다.

"그래?"

"응. 나도 이렇게 저렇게 생각해 봤는데. 피할 수가 없더라고."

그 말이 마음에 들어 정아는 자기 입으로 중얼거려 본다.

"뭘 해도 후회하는 거구나."

고호민은 약사처럼 절망이라는 면죄부를 처방해 주고 다음 버스를 탔다. 정아는 자신에게 필요한 게 희망이 아니라 절망이었음을 깨닫고는 다시 엄마에게 미안해졌다. 다음 주에 경주에 가면 진짜 잘해야지, 진짜진짜 잘해야지, 익숙한

다짐으로 얼버무리며 침대에 누우려는데 『제3의 눈』이 눈에 들어온다. 넘겨 보니 자신이 그린 그림이 새록새록 새롭다.

사이비 종교서 같다며 놀림을 받았던 『제3의 눈』은 그에게 반했던 순간에 대한 이야기다. 밸런타인데이 특집에 맞춰 잡지사에서 준 키워드가 '첫사랑'이었다. 25페이지밖에 안 되는 짧은 분량이지만 그리는 내내 정아는 그 시간 속에 있었다.

때는 8년 전 여름이다. 평소 친분이 있던 그와 정아가 학교 앞 감자탕집에 있다. 둘은 아르바이트를 하며 알게 된 사이로, 정아가 포트폴리오 촬영을 부탁하기 위해 감자탕을 대접하는 중이다. 작품 콘셉트에 대해 말하며 그를 보니 이야기를 듣고 있는 건지, 감자탕을 입으로 퍼다 나르며 땀을 줄줄 흘리고 있다. 언니 덕분에 다한증의 종류를 좀 아는데 매운 음식을 먹을 때 얼굴에 땀을 흘리는 부류는 그중에서도 흔한 편이다. 그는 턱에서 목덜미까지 흐른 땀을 슥 닦다가 정아를 본다. 순간, 둘의 눈이 마주치고 그가 수줍게 웃는다. 감자탕으로 부푼 볼이 더욱 빵빵해진다. 기분이 이상해진 정아는 그의 시선을 피해 앞에 놓인 접시로 눈을 돌린다. 뭐지? 이상한 감각의 실체를 알 수 없어 어리둥절해 있는데 눈썹 사이가 저릿저릿하다. 그러더니 갑자기 뽕! 정말, 뽕! 미간에서 뭔가가 열리고 놀랍게도 그가 보인다. 정아의 두 눈은 분명 앞

접시에 닿아 있는데 그가 감자탕을 크게 떠서 입에 넣는 게 보이는 것이다. 이게 책에서 읽은 제3의 눈일까, 따위를 생각하며 정아는 안 보지만 보이는 시각 정보를 잊으려고 노력한다. 그가 보인다는 걸 그에게 들키면 안 될 것 같기 때문이다.

그가 안 보이는데도 보이는 상태는 이후로도 계속되었다. 집으로 돌아와 양치질을 하면서도, 잠자리에 누워서도, 볼이 빵빵한 그가 웃는 게 보였다. 며칠 동안 집 안 곳곳에서 그를 보다가 이대로는 안 되겠다 싶어서 정아는 그를 찾아갔다. 그의 집 앞에서 실제의 그를 만났을 때 정아는 시선을 피하지 않고 그의 두 눈을 바라보았다. 제3의 눈과 현실의 눈이 동일하게 그를 향하자 그제야 좀 편했다. 그래서 그가 왜 그러시냐고 묻는데도 한참을 바라보기만 했다. 보고 또 보고. 아릴 정도로 충분히 눈에 담은 후에야 정아는 고백했다.

"그쪽이 계속 보여요."

그날 이후로 둘은 매일 만나 서로에 대한 이야기를 나누었다. 당시 미대생이던 정아는 과하게 높은 수능 점수 때문에 놀림감이 되어 있었다. 누가 데생 전국구였네, 누가 디자인 구성 탑이네 하며 실기를 더 쳐주는 분위기였다. 정아는 저도 모르는 사이, 강박적으로 공부했던 자신을 부끄러워하고 있었다. 그랬으므로 그가 먼저 이렇게 말했을 때는 어떻게 반응해야 할지 몰라 어리둥절했다.

"나, 책 씹어 먹는 게 취미였어."

"어?"

"첨엔 먹으면 외워진대서 사전을 씹어 먹었는데."

"와."

"미친놈 같지?"

물어보는 그는 당당한 얼굴이었는데, 정아는 그 기운에 자신의 과거까지 당당해지는 기분이었다.

"나도 그랬는데."

정아는 정석도 씹어 먹었다. 둘은 맛의 차이를 유발하는 원인이 종이인지 잉크인지 따위를 두고 한참을 토론했다. 고해성사 같았던 그 대화 덕분에, 정아는 처음으로 자신의 한계가 얼마나 서러웠는지를 타인에게 털어놓을 수 있었다. 끝도 없이 이어지는 비교와 대조 속에서 둘은 연대감을 느꼈다. 그렇게 노력이 특기인 둘이 만나 서로를 향해 노력하고 있었는데…… 그가 죽었다. 스물다섯 살에 아무런 결과도 이루지 못하고 한계 극복을 위해 고군분투하던 그가 죽었다. 정아는 노력하던 관성이 남아 뭔가를 계속해 보려는데 그 뭔가가 뭔지를 모르겠다. 그를 상실하고 나니 모든 것이 불확실해져 버렸고 여전히 그렇다. 그런데 잠깐, 왜 이렇게 낯설지?

『제3의 눈』을 품고 누운 정아는 옛 기억에 젖어 있다가 갑작스럽게 놀란다. 빠르게 자신의 상태를 점검해 보는데, 역시 낯설다. 이럴 수가. 그가 떠난 이후 3년 동안 매일 그를 생각했다. 아니, 그래 왔다고 믿었기에 정아는 자신이 몇 주씩이나 그를 잊었으리라고는 상상조차 하지 못했다. 하지만 돌이켜 보니, 최근 얼마간은 잠에서 깨어날 때조차 그를 떠올리지 않았다. 이건 직무 유기다. 자신의 나태에 놀라 혐오가 인다. 지인들이 시간이 지나면 괜찮을 거야, 라며 위로했을 때 영원히 괴로운 상태로 당신들 말이 틀렸음을 증명해 보이겠다, 호기롭게 마음먹었던 정아다. 겨우 3년이 지났을 뿐인데, 그 뻔한 말에 져 버린 기분이다. 스스로에 대한 실망으로 온몸의 힘이 빠져나간다. 그렇게 정아는 잠든 것도 아니고 죽은 것도 아닌, 텅 빈 채로 침대에 누워 있다. 얼마나 지났을까. 배 속에서부터 생긴 따뜻한 기운이 스멀스멀 얼굴로 번진다. 혈관을 데우며 흐르던 기운은 눈두덩이를 감싸다가 미간으로 모여들어 꿈틀거리기 시작한다. 이제 다시, 그가 없지만 그가 보인다.

그동안 게을렀던 그리움은 한번 터지자 언제 그렇게 쌓였는지 일시에 몰려온다. 공동 생활로 몸에 밴 규칙은 하루 만에 어그러졌다. 창밖으로 아침 해가 퍼렇게 떠오르는데도 정아는 그의 사진을 보다가 음성 파일을 듣다가 편지를 읽다가 다시 그의 사진을 보았다. 그러고도 몇 번을 더 반복했다.

10

하늘의원 곳곳에서 여름 냄새가 나기 시작한다. 화려했던 꽃이 진 자리마다 녹색으로 온통 푸르다. 지금 세차게 내리는 비가 끝나면 무더위가 시작될 거라고 한다.

얼마 전부터 엄마는 아침 체조나 목욕 등 공동 일과에 자주 빠진다. 이유를 물으면, 정확하게 어디가 아픈지 콕 집어 말할 수가 없다며 그냥 힘이 나지 않는다고 했다. 간절기라 그렇겠거니 비가 와서 그렇겠거니, 하고 대수롭지 않게 넘기면서도 날짜를 꼽아 보게 되는 건 어쩔 수 없다. 벌써 엄마가 산책을 하지 않은 지 2주가 넘었다.

창밖은 구름에 덮여 아침인데도 흐리다. 식사 시간인데 엄마는 일어날 기미가 없다. 정아가 묻는다.

"엄마, 식사해야지."

"어."

그러면서도 엄마는 리모컨을 들어 티브이를 튼다. 정아가
다시 묻는다.

"이따 묵을까?"

"니가 갖다 도."

엄마의 대답을 정아는 물리고 싶다. 방에서 몇 번 식사를
했었는데 영 즐겁지가 않았다.

"내려가긴 그렇나?"

"어."

같이 내려가자고 조르고 싶은 마음을 꾹 누르며 정아는 식
당으로 내려온다. 식판에 수북수북 음식을 담았더니 후식으
로 나온 자두를 올릴 공간이 없다. 다시 내려올 생각으로 돌
아서는데, 새로 찐 호박을 배식대에 올리던 도우미 아줌마가
정아를 불러서 널찍한 쟁반을 건넨다. 감사합니다, 인사하고
쟁반 위에 식판과 호박과 자두를 올리니, 쟁반도 한가득이다.
조심조심 걸음을 옮겨 식당을 빠져나오기는 했는데, 문제는
계단이다. 정아는 한 단도 오르지 못하고 계단을 올려다본다.

엄마는 목욕탕 청소를 하기 전에 작은 분식집을 했다. 아
는 아줌마가 하던 걸 그대로 이어받은 거였다. 주방도 손바닥
만 하고 홀이라고 해 봐야 4인 테이블 덜렁 하나라, 그런 곳에

서 벌이가 생긴다는 게 신기했다. 방학이라 쉬러 내려왔던 정아는 엄마 얼굴을 보러 분식집에 갔다가 꼼짝없이 붙잡혀 알바를 뛰었다. 놀랍게도 엄마는 혼자서 배달 장사도 하고 있었다. 그러니까 주방에 쭈그리고 앉아 7구짜리 주물 버너에 뚝배기를 올려 끓이면서 주문 전화를 받고, 홀 손님을 받고, 서빙을 하고, 그걸로도 모자라서 근처 미용실이며 부동산에 배달을 나갔던 거다. 눈이 뱅뱅 도는 점심시간이 끝나면 엉덩이를 붙일 틈도 없이 배달 그릇을 회수해 오고 저녁 준비를 했다. 잡다한 알바를 뛰며 나름 일머리가 있다고 자부하던 정아였으나 엄마에게는 댈 바가 아니었다.

그날, 짜글이 여섯 그릇을 끓이는 엄마의 손은 너무 빨라서 보이지 않을 정도였다. 돼지고기가 퐁당퐁당, 고추장이 탁탁, 참참 자른 양파가 획획. 주방은 엄마가 몸을 돌리기 빡빡할 정도로 좁았으므로 정아는 입구에서 쟁반을 이고 기다려야 했다. 박준헤어로 가야 하는 짜글이 여섯 그릇을 쟁반에 올리던 엄마는 무게를 가늠하다, 두 그릇을 다시 빼내며 말했다.

"두 번에 나눠 가라."

그럴 시간이 없다는 건 정아도 잘 알고 있었다. 무엇보다 엄마가 만든 짜글이를 식어 빠지게 둘 수 없었다.

"바로 앞인데, 다 올리라."

홀은 홀대로 주문이 밀려 있어 엄마는 어쩔 수 없이 짜글이를 모두 올리고 정아의 손과 쟁반 사이에 수건을 끼웠다.

"살살 해라이."

"어, 간다."

호기롭게 말하고는 역도 선수처럼 쟁반을 들며 몸을 쭉 펴려는데, 다리가 후들거려 저도 놀랐다. 다행히 엄마는 주방으로 곧장 들어가서 그 위태로운 꼴을 보지 못했다. 뚝배기 여섯 그릇의 무게는 상당했고 정아의 근육은 부실했다. 어찌어찌 한 걸음 한 걸음을 내디뎌 박준혜어 계단 앞에 섰다. 도착지인 박준혜어는 2층이다. 쉬면 안 되겠다 싶어서 힘차게 첫 계단을 내딛던 그때, 계단 손잡이에 쟁반 끝이 걸려 버렸다. 신기하게도 그 순간부터는 슬로 모션이다. 어라? 뭐가 걸리네? 쑤욱, 허리가 펴지면서 엄마의 짜글이가 뒤통수 너머로 착착착 모이는 느낌이 들었다. 누가 머리채를 뒤에서 당기는 듯 정아의 머리가 젖혀졌다. 시간이 아주 천천히 흘렀으므로, 그동안 정아는 이런저런 생각을 할 수 있었다. 우리 엄마가 힘들게 만든 짜글이를 다 못 먹게 돼 버렸네, 박준혜어 직원들 점심은 어쩌나, 내 돈으로 햄버거라도 사다 줄까, 뚝배기 하나는 얼마나 하나, 엄마가 안 받아도 꼭 보상해 줘야지, 이딴 것들 말이다. 그 이후는 역시나 기억에 없다. 분명 엉망으로 깨져서 나뒹굴었던 것 같은데 누가 치웠나 모르겠다. 엄마에게 물어봐야겠다.

쟁반 위의 식판과 자두, 호박은 모두 무사하다. 정아는 방문을 힘차게 연다.

"엄마, 엄마."

누워 있을 줄 알았던 엄마가 구부정하게 일어서고 있다. 그런데 어째 폼이 불안하다. 정아는 빠르게 쟁반을 앉은뱅이책상 위에 올리고 엄마에게 다가간다.

"어데 갈라고?"

"이기 와 이라노?"

어리둥절한 얼굴의 엄마는 아직도 다리를 못 펴고 있다. 정아가 부축하려는데 엄마가 거부한다.

"냅두라."

짧고 낮은 목소리에 정아는 심상치 않은 기운을 느낀다. 머릿속을 채우고 있던 짜글이, 박준헤어, 쟁반 등을 모조리 밀어내고 '마비'라는 두려운 단어가 들어찬다. 어젯밤까지는 화장실 이용에 문제가 없었지만 오늘은 아니다. 괜찮았던 것들이 순식간에 안 괜찮아지기도 한다. 힘겹게 몸을 세운 엄마는, 한 걸음 한 걸음을 내딛고 있다. 아직 수면 양말을 신은 엄마의 발에 이불 끝이 걸린다. 바라보던 정아는 달려가서 치워 주고 싶지만 엄마의 단호한 지시, '냅두라' 때문에 얼음 자세다. 이제 엄마의 수면 양말은 앉은뱅이책상을 넘어 화장실 앞에 다다랐다. 다음 발을 허공에 들었다가 그 자리에 다시 놓고는 엄마가 정아를 돌아본다. 그 눈동자에 어둠이 짙다.

그러고도 한참이 지나서야 변기에 앉은 엄마는 정아가 돕겠다는데도 한사코 본인이 아랫도리를 내렸다. 변기 물을 내린 후에는 정아가 문 앞에서 기다린다는 걸 알면서도 기척이 없었다. 그동안 정아는 마비에 대한 불안을 물리치기 위해 쟁반의 테두리를 노려보았다.

그날 밤, 정아는 언니에게 이 사실을 알렸고 언니는 원장에게, 원장은 인근 의사에게 연락을 취해서 다음 날 의사가 방문했다. 간단한 진찰 후에 원장 방에서 엄마를 제외한 모두가 모여 머리를 모았다. 눈물을 떨어뜨릴 것 같은 자매와 달리 원장과 의사는 덤덤했다. 그들은 기능을 잃어 가는 환자들을 숱하게 보아 왔고 엄마도 그들 중 하나일 뿐이었다. 그리고 그러한 태도가 자매는 전혀 불쾌하지 않았다. 도리어 그 덕에 아무것도 해결하지 않고도 덩달아 덤덤해졌다. 우리 엄마만 그런 게 아니구나, 중환자한테는 흔한 병변이구나, 다들 마비가 오고 팔다리를 못 쓰고 그런 거구나. 그렇게 방관하는 게, 종양에게 자비를 바라는 것보다는 이성적으로 느껴졌다.

이후로는 방 안에서만 지내는 날들이 이어졌다. 엄마의 운동량이 급감함에 따라 정아의 에너지도 내려갔다. 동작이 작아지고 얼굴에 그늘이 졌다. 즐거웠던 세안 타임도 없어졌다.

정아의 손길에 몇 번이나 엄마가 인상을 찌푸리며 고개를 돌려 버렸기 때문이다.

그렇게 7월을 맞았다. 이제 엄마에겐 다리 마비보다 목의 통증이 문제였다. 좌우로 돌리는 것도 힘들고 가장 큰 불편이 식사인데 고개를 숙일 수가 없어 음식을 흘리기 일쑤다. 원장도 딱히 해결 방법이 없다 하고, 의사도 정밀검사를 해 봐야 알겠다며 신통치 않은 반응을 보였다. 진통제 양을 두 배로 늘려도 통증은 가라앉지 않았다. 움직임이 없을 때는 당연하게도 별문제가 없었으므로 목 보호대를 착용하고 최대한 무리하지 않는 생활로 돌입했다. 더 이상 나빠질 게 없을 것 같았는데 상태는 점점 더 나빠졌다. 언니는 시급하게 기저귀를 주문했지만 엄마는 한사코 대소변은 본인이 처리하고자 했다. 부축을 받아 화장실로 가서는 지지대를 잡고 혼자 볼일을 본다. 다시 부축을 받아 이불로 돌아오는 데까지 10~20분의 시간이 소요된다. 두세 번의 화장실 이용이 엄마 하루 운동량의 전부다. 처음 화장실 문 앞에서 엄마를 기다릴 때는 울지 않기 위해 입술을 씹어야 했지만 이제는 핸드폰이나 티브이를 보며 시간을 보낸다. 모든 것은 놀랍게도 익숙해진다.

엄마는 원래 점심을 먹고 낮잠을 자는데 오늘은 이모가 온다고 해서 깨어 있다. 오랜만의 손님이라 정아도 들떠 있다.

매미 울음소리가 귀를 때리는 주차장으로 언니의 차가 들어온다. 이모는 엄마가 좋아하는 족발과 밑반찬을 한가득 들고 왔다. 점심 식판을 조금 전에 물린 엄마는 맛만 보겠다며 다시 한 상을 받았다. 이런 중에도 식욕이 떨어지지 않는다는 건 어떻게 생각해도 다행스럽다. 고개를 숙이기 힘들기에 눈동자만 내려 음식을 확인하고 젓가락질을 해야 한다. 시야를 벗어난 음식은 찾을 수 없어서 그때그때 언니나 정아가 알아서 반찬의 위치를 옮겨 준다.

"방금 전에 명이나물 어디로 치웠노?"

"여기."

하고 밀어 주면 엄마는 족발을 나물에 천천히 싸서 입에 넣는다. 이제는 요령이 붙어 족발 쌈을 잡은 젓가락은 도착지인 입으로 들어갈 때까지 실수가 없다. 조금 시간이 걸릴 뿐 충분히 만족스러운 식사를 즐길 수 있다. 하지만 이모는 이런 엄마의 상태에 놀란 눈치다. 애써 엄마를 외면하며 손톱 부스러기만 뜯고 있다.

엄마가 낮잠에 든 중에 자매는 이모를 배웅하러 나왔다. 이모는 언니 차에 올라타며 혼잣말하듯 웅얼거렸다.

"그래도 좀 깨끗하게 있으면 좋을 낀데."

차는 떠나고 정아 혼자 방에 올라오니 너저분한 세간살이가 새롭다. 이모가 본 풍경처럼 하나하나가 놀라울 정도로 지저분하다. 방 가운데 이불을 깔고 누운 엄마 주변으로 약재 박스와 물티슈, 물병 등이 쌓여 있다. 그 모습이 한없이 초라해 기분이 상한다. 박스를 꺼내 물건을 정리해 넣다 보니 시끄러웠던지 엄마가 돌아눕는다. 정아는 잠깐 멈춰 고민하다가 조심조심 정리를 계속한다. 그러다 보니 방 하나를 치우는데도 시간이 꽤 걸린다. 쓸고 닦고 옷 무더기를 다시 개키는데, 이모를 바래다준 언니가 올라온다. 엄마도 깼다.

"순덕이는 잘 갔나?"

"어. 버스 탄다고 해서 터미널에 내려 줬다."

"고생했네."

하고는 손을 휘휘 저으며 일어서려 한다. 화장실에 갈 모양이다. 언니가 냉큼 엄마를 부축한다. 정아는 언니와 스텝이 꼬일 것 같아 정지 상태다.

"식당엔 계속 나간다나?"

휘청이는 발을 옮기며 엄마가 묻는다. 이모는 대전에 살고 있다. 어쩌다 그곳에 터를 잡았는지는 모르겠지만 대전의 큰 식당에서 카운터 일을 본다고 했다. 이모가 있을 때는 별말 없더니 이제야 근황이 궁금한 모양이다.

"어. 오늘은 쉬는 날이란다."

"다른 말은 없고?"

"돈 준다고."

돈? 뭔가 어른의 세계 같다고 생각하며 정아는 귀를 연다. 엄마는 표정을 바꾸지 않고 말한다.

"얼마나?"

"몰라, 계좌 번호 달라던데?"

"니 통장으로 달라 해라."

"받을까?"

"어, 받아라."

언니는 이모에게 사양했던 모양이다. 당황하는 언니와 달리 엄마는 당당하다.

"그거 받아도 된다."

"알았다. 계좌 번호 줄게."

이제 막 변기에 앉은 엄마가 문을 닫으라고 손짓을 해서 언니는 화장실 문을 닫고 앞에 선다. 엄마의 목소리가 문을 넘어 들려온다.

"입금되면 얼만지 알려 주고."

"어."

"받으면 니가 갖고 있다 써라."

어린 시절, 어른들이 돈을 주려 하면 자매는 엄마를 먼저 봤다. 감사합니다, 해라. 허락이 떨어져야 돈을 받을 수 있었다. 엄마가 시킨 기억은 없지만 그건 세 모녀 사이의 룰이었다. 간혹 엄마가 고개를 가로저으면 자매는 돈을 내민 상대를 난처한 눈으로 보다가 도망치곤 했다. 지금은 허락이 떨어졌으니 언니는 그 돈을 받아야 한다. 이 견고한 세계에는 받고 싶다든지, 받기 싫다든지 하는 감정은 들어설 틈이 없다. 결정은 엄마가 하고 자매는 따르기만 하면 된다. 그건 홀몸으로 자매를 길러 낸 엄마에 대한 일종의 예다.

"엄마, 이모가 항암, 하면 어떠냐고."

화장실 문틈을 매만지는 언니의 손이 흥건하다. 돈 이야기를 하고서도 언니가 영 찜찜해 보였던 이유가 이제야 밝혀진다. 마비가 온 후 엄마의 결정을 기다리던 자매를 대신해서 이모가 입장을 표해 주었다.

"너희 생각은 어떤데?"

단수가 아닌 복수형이다. 드디어 정아도 청자에서 화자로 승격되었지만 언니가 먼저 입을 연다.

"엄마가 좋은 게 좋지."

언니의 이 말은 진심이지만 엄마는 무엇이 좋은지 정보가 부족하다. 선택은 정확한 정보 안에서만 유의미하고 데이터 수집에는 언니가 적임자다.

"좀 알아봤는데, 허리처럼 치료해 볼 수도 있고."

"목을?"

"어. 간단한 시술 같은 것도 있다고 저번에 왔던 의사가 그러더라. CT부터 다시 찍어 봐야 되겠지만, 완화시킬 방법은 있을 거라고."

정아가 모르는 것을 언니는 알고 있다. 원래 그랬고 앞으로
도 그럴 것이다. 이렇게 딴생각으로 바닥 장판을 보고 있는데,
엄마의 한숨 소리가 밖으로 흘러나온다. 안 먹던 기름진 음식
이 속을 막고 있나 보다. 변기에 앉은 시간이 평소보다 길다.
얼마나 지났을까, 정아가 앉은 자세를 바꾸려고 다리를 펴는
데 엄마 목소리가 들린다.

"내는 항암을 해 보고 싶다."

정아는 놀라서 언니를 돌아본다. 언니도 예상하지 못했던
지 어리둥절한 얼굴이다. 방 안의 공기가 일순 쨍쨍하게 바뀐
다. 그러고는 꺼억, 화장실 문을 넘어 트림 소리가 전해진다.
엄마의 장기가 꿈틀대고 있다. 항암을 거부한 지 꼭 6개월 만
이다.

엄마의 다리가 마비 증상을 보인 이후 자매가 재빠르게 구
입했던 기저귀는 엄마에게 보일 자신이 없어 아반떼 트렁크
에서 바래지고 있었다. 덩달아 자매의 불안도 무뎌지고 있었
지만 엄마는 아니었다. 반송장으로 병실에 누워 있던 오빠와,
마비로 누워 있는 자신을 겹쳐 보고 또 겹쳐 보았을 것이다.
무딘 자매는 눈치채지 못했지만 엄마의 불안은, 몸을 가누지
못하게 될 것이라는 선명한 공포로 자라났다. 이제 그 공포는
엄마가 자신의 오빠를 죽인 범인이라고 믿는 항암과 화해하

게 할 정도로 막강하다.

언니가 재차 확인한다.

"항암?"

"어. 해 보고 싶다."

"내는 좋다."

정아가 퉁기듯이 의사를 표한다. 순간 물 내리는 소리와 함께 화장실 문이 열린다. 엉거주춤 서 있는 엄마를 부축하러 들어가며 언니도 동의한다.

"어, 알아볼게."

장마전선이 북상하고 있던 그해 여름, 세 모녀의 이사 결정은 그렇게 내려졌다. 그것은 선고받은 예정일로부터 3개월을 더 살아 낸 엄마의 선택이었다. 자매는 원래의 스케줄을 빠르게 조정했다. 정아는 서울에 가서 개인 업무를 처리하고 돌아온 후 엄마 옆을 지키기로 했다. 정아와 교대하며 언니는 병원을 알아볼 것이다. 장기 입원이 가능한 병원이 있는지, 받아 줄 의사가 있는지 등을 먼저 알아보고 항암과 치료의 우선순위를 정하기로 했다.

서울로 올라가는 정아를 바래다주러 언니가 따라 나왔다. 원래는 정류장까지 정아 혼자 걸어가거나 비슷하게 나오는 다른 보호자의 차를 얻어 탔었는데, 이번에는 짐도 많고 해서 도우미에게 엄마를 부탁하고 자매가 함께 나왔다.

정아가 차에 올라타니 언니가 대뜸 화를 낸다.

"니는 왜 아무것도 안 하노."

나오기 직전에 언니는 여기저기 병원 담당자와 통화하느라 바빴다. 스트레스 때문에 부리는 짜증인지 정말 무언가를 해 보라는 지시인지 알 수 없어서 정아는 멍한 얼굴로 언니를 본다.

"뭐?"

"왜 내가 다 하냐고."

"내가 뭘 해야 되는데?"

"병원 알아보는 거랑, 사람들 연락하는 거랑, 다."

정아는 그것들이 언니의 일인 줄만 알았다. 지금이라도 사과하고 대책을 강구하는 게 옳겠지만 공격조의 말투에 정아도 골이 난다.

"니가 먼저 하잖아!"

"니가 안 하니까 그렇지!"

꽥꽥 한 번씩 소리를 내질렀다. 정아는 한 번 더 내지르고 싶지만 명분이 없어 참는다. 안 하는 게 아니라 못 하는 거다. 언니보다 멍청하다고, 둔하다고 사과할 수는 없다. 씩씩거리며 창밖을 보고 있자니 부아가 치민다. 그건 언니도 마찬가지다. 불편한 침묵으로 역에 도착한다.

"대학 병원 때처럼 알아봐라. 예약되는 병원 있는지."

아까보다는 누그러졌지만 언니의 목소리엔 여전히 날이 서 있다. 짐을 챙기던 정아도 딱 그 톤에 맞추어 답한다.

"어, 연락 줄게."

"어."

탁. 보조석 문을 닫으니 잠깐의 지체도 없이 언니는 액셀을 밟는다. 정아는 아반떼가 시야에서 사라질 때까지 가만히 보고 섰다.

KTX를 타려면 시간이 남았다. 주변을 둘러보니 경주빵을 파는 가게가 보인다. 아무런 목적도 없이 정아는 경주빵을 한 판 산다. 먹고 싶어서도 아니고 선물하기 위해서도 아니다. 그러고는 앉을 만한 한적한 장소를 찾아 돌아다니는데, 등산객들과 타이밍이 겹쳐 버려 역 안에는 비는 벤치가 없다. 뭔가에 이끌리듯 빠른 걸음으로 밖으로 나와 주변을 둘러본다. 길 건너 시외버스 정거장의 벤치가 비어 있다. 잰걸음으로 걸으며 정아는 포장된 박스를 열어 빵 하나를 꺼낸다. 경주빵 하나의 밀가루 껍질을 다 벗겨 먹을 때쯤 벤치에 도착해 앉는다. 박스를 옆에 아무렇게나 던져 두고 껍질이 벗겨진 팥소는 오른손으로 조물거리며 고무찰흙을 만지듯 질감을 느낀다. 이상하게도 그러고 싶다. 왼손으로는 다른 하나를 꺼내 밀가루 겉껍질을 다시 뜯어 먹는다.

그렇게 경주빵 스무 개를 다 먹기까지 10분이 채 걸리지 않았다. 오른손에 뭉쳐진 팥소는 주먹만 한 덩어리가 되었다. 이걸 어떻게 처리할까, 조금 더 치덕거리며 보다가 턱, 바닥에 던지고는 밟아서 신발 자국을 낸다. 팥소로 더러워진 신발을 슥슥 바닥에 닦다 보니, 이리저리 방황하던 개미 몇 마리가 팥소 뭉치로 모여들고 있다. 잠시 후면 그 위를 새까맣게 뒤덮은 개미 군단을 볼 수 있을 것 같지만, 지금쯤은 일어서야 한다. 역으로 향하는 정아는 언니 차에서 내릴 때보다는 괜찮아진 얼굴이다.

열차에 앉은 정아는 핸드폰을 뒤져 연락을 돌린다. 지난번에는 친분에 의지한 채 무작위로 훑느라 허수가 많았다. 그 경험 덕분에 이번에는 병원과 연이 닿은 인맥을 추려 순서를 정할 수 있게 되었다. 대학 병원 수간호사가 첫 타자다. 상황을 설명해 드리니 항암은 다른 치료와 달라서 일주일 이상은 입원이 힘들 거란다. 지방에서 오시는 분들은 근처에 방을 잡고 내원한다는 말도 덧붙인다. 정아는 감사하다는 인사로 전화를 끊고 메모해 둔다. 한주 큰아버지가 병원 원장이랬지. 전화를 걸어 보니 애는 대낮부터 술집이다. 선배 전시를 보러 왔다가 동아리 멤버들도 만났다며 오란다. 다른 선배들도 있으니 한 번에 알아보라는 제안이 그럴듯해서 정아는 선뜻 가겠다고 말하고 전화를 끊었다.

핸드폰을 넣다가 보니 손톱 아래에 팥소가 끼어 죄다 시커멓다. 손을 씻고 온 게 이렇다. 반대편 손톱으로 긁어내려 해 보지만, 연약한 속살에 닿아 아프기만 하지 별 소득이 없다. 하도 긁어 이제 피까지 배어 나오는 손톱을 물끄러미 보던 정아는 검지를 입안에 쏙 넣어 버린다. 혀와 이로 손톱 사이에 낀 팥소를 공략하니 얼추 빠져나온다. 오물오물 한참을 물고 있다가 빼내면 그제야 깨끗하다. 중지도 약지도 같은 방식으로 오물거리다 보니 서울역에 진입하고 있다는 안내 방송이 들린다.

11

몇 번 가 본 적이 있는 주점에 들어서자 초저녁인데도 다
들 얼굴이 벌겋다. 얼굴만 아는 어려운 선배들도 많아서 정아
는 불편한 마음으로 한주를 찾는다. 마침 정아를 발견한 한
주가 손을 흔들며 빈자리를 가리킨다. 낯익은 얼굴들과 인사
하며 빈자리에 앉는데, 몇 자리 건너 있던 창규가 묻는다.

"병원 다시 알아보는 거야?"

"응. 항암 하게 돼서."

바로 옆자리의, 과대였던 언니가 놀라서 묻는다.

"정아 어디 아프니?"

"아, 아니요. 엄마가요."

과대 언니의 일그러지는 얼굴에, 정아는 자신의 불쌍한 처

지가 새삼스럽다. 테이블 위로 엄마를 위한 병원 문의가 오가고 몇몇이 아는 번호를 알려 준다. 정아가 핸드폰을 꺼내 번호를 받아 넣고 있는데 저쪽에서 선배들이 질문을 주고받는 게 들린다.

"무슨 일이야?"

"정아 어머니가 암이시래."

"아이고, 어쩨."

선배들은 막걸리를 들이켜면서 쯧쯧 혀를 찬다. 그 소리를 듣고 있자니 정아는 자신이 왜 이렇게까지 연민과 선의를 받아야 하나 싶다. 안줏거리가 된 것 같은 꼬인 마음마저 들어 바람을 쐬러 밖으로 나온다.

가게 앞 구석에서 담배를 피우며 병원 연락처도 받고 목적은 달성했으니 집에 가야겠다 생각하고 있는데 한주와 과대 언니의 목소리가 들린다. 이야기 중에 자신의 이름이 들렸을 때 정아는 기척을 내서 누군가가 듣고 있음을 알리려고 했다. 엿듣는 건 좋지 않을 것 같아서다. 하지만 한주의 목소리에 정아는 움직일 수가 없다.

"맞아요, 죽은 게 정아 남자 친구예요."

"어우, 맞구나. 내가 헷갈렸나 했지. 나 장례식 때 갔었잖아."

"그때 우리 다 갔잖아요. 정아가 상주 하고."

"진짜 안됐다. 이번엔 어머니도 암이신 거야?"

"네. 말기라 수술도 힘드시다나 봐요."

한주의 말투가 꼭 자기가 정아 사정은 훤히 꿰고 있다는 투다. 벽에 몸을 붙이며 듣고 있는 정아는 저도 모르게 얼굴이 찌푸려진다.

"정아 진짜 장난 아니겠다. 그래서 그랬구나."

"그죠. 저도 옆에서 어떻게 해 줘야 할지 모르겠더라고요."

"너도 참 그렇겠다, 아무래도 그렇지?"

"그죠. 정아한테는 좀 그렇죠."

한주에게 건네는 과대 언니의 위로가 조금 더 이어지다가 둘은 주점으로 들어갔다. 남겨진 정아는 움직일 수가 없다. 차라리 심한 욕을 들었으면 나았겠다 싶다.

그의 장례식 이후, 정아는 사람을 만날 때마다 자신의 표정이 슬픔이라는 하나의 감정으로만 해석된다는 사실에 매번 당황했었다. 정아의 얼굴을 들여다보던 상대는 곧장 아, 하고 뭔가를 떠올린 후에 어김없이 안쓰러운 표정을 지어 보였다. 그런 때에 정아가 화제를 바꾸거나 우스갯소리를 하면 상대방은 그렇게 노력하지 말라며 눈물을 보이기 일쑤였다. 정말 방법이 없었다. 정아는 불편한 자리를 마치고 귀가하면서 거의 매번 스스로를 경멸했다. 그렇게 슬프지 않은데 왜 슬픈 척을 했던 걸까, 자문하며 괴로웠다. 조금 더 시간이 지나고서야 자신이 아닌 상대에게 화가 났다. 슬픔을 강요하는 건 그들이다. 그런 일을 당했으면 당연히 슬퍼야지, 라며 압박까지 당하는 처지가 그제야 서러웠다. 게다가 단짝이었던 한주는 이런 정아의 처지를 타인과의 사교에 이용하기까지 한다. 생각이 이어질수록 정아는 몸이 떨려 온다. 그대로 집으로 가고 싶지만 가방이 주점에 있어 가까스로 발을 옮긴다. 과대 언니와 이야기를 나누던 한주가 들어오는 정아를 보고는 당황한다.

"너 밖에 있었어? 나도 방금 피우고 들어왔는데."

정아는 대꾸 없이 가방을 가지고는 곧장 돌아 나온다. 무시당한 한주가 어리둥절한 얼굴로 다시 묻는다.

"뭐야, 너. 가는 거야?"

온몸으로 분노를 드러내며 나오는 정아의 뒤를 여러 시선이 따라 나온다.

*

다음 날, 눈을 번쩍 뜬 정아는 습관처럼 자리에서 일어났다가 이곳이 하늘의원이 아니라 자신의 방임을 깨닫고는 다시 누웠다. 8시, 이른 아침이다. 천장을 바라보며 어젯밤의 기억을 되짚는다. 도대체가 어떻게 집에 들어왔는지를 모르겠다. 취한 것도 아니었는데, 주점 이후로는 기억이 좀 엉켰다.

멀미를 하듯 속이 거북했다. 주점을 나와서 한참을 걸은 것 같은데, 어느새 따라온 한주에게 잡혀 벤치로 이끌렸다. 자기가 생각해도 이상하리만큼 힘이 빠져 있어서 부축을 받는 모양이 되어 버렸다. 벤치 앞 화장품 가게에서 흘러나오는 노래가 고막을 찔러 머리가 웅웅거렸다. 한주는 쫓기는 사람처럼 뭔가 변명을 해 댔는데 노랫소리에 묻혀 들리지를 않았다. 안 들린다고 못 알아듣겠다고 말하려던 순간, 정아는 한마디를 들어 버렸다.

"너는 동정이라도 받잖아."

들리지 않던 한주 목소리가 갑자기 선명하게 들렸다는 게, 돌이켜 생각해 보니 영 이상하지만 똑똑히 들었다. 다시 정신을 차렸을 때는 자신이 벤치를 벗어나 도망치듯 걷고 있었다. 엇박자로 들어오고 나가는 호흡을 진정시키느라 아무 생각도 할 수 없었다. 그 말이 가진 두려울 정도로 잔인한 의미를 되짚지도 못했다. 한주를 향해 생각나는 욕지거리를 할 수도, 비명을 지를 수도 없었다. 다만 숨이 잘 쉬어지지를 않았다.

천장을 멍하니 바라보고 있으니 한주의 목소리가 또렷하다.

"너는 동정이라도 받잖아."

이제야 그 의미가 빠르게 해석된다. 그러니까 한주는, 자기는 불륜을 저질러 죽고 싶을 만큼 괴롭지만 어디 말도 못 한다, 너는 모두들 걱정해 주니 나보다 낫다, 이런 말을 하고 싶은 거다. 천장을 향한 정아의 눈에 불꽃이 인다. 후지다, 후져. 단짝이었던 한주가 그 정도로 저질이라는 사실에, 경멸보다는 자괴감이 크게 든다. 그러고는 곧장, 어제 쏘아붙여야 했던 말들이 속에서부터 퉁겨져 올라온다. 너는 죄를 지었지만, 난 아닌데? 너는 유부남이랑 잤지만, 난 아닌데? 나는 죄를 지은 게 아닌데? 근데 왜 그 사람이 죽고 왜 엄마가 죽어야 하는데? 그럼 너네 엄마도 암 걸리라 그래. 잘난 유부남 애인도 죽으라 그래. 왜 멋대로 내가 받는 동정을 질투하고 지랄인데? 한주에게 전화를 걸어야겠다. 억울하게 당하고만 있진 않겠다. 악을 잔뜩 세워서 핸드폰을 찾아 쥐는데, 전화가 울린다. 언니다. 부풀 대로 부푼 마음이 순식간에 쪼그라든다. 아아, 목소리가 나오는지 확인한 후에 통화 버튼을 누른다.

"알아봤나?"

언니는 다짜고짜 브리핑을 요구했다. 정아가 정신을 수습하며 어제 받았던 번호와 병원 내역을 읊었더니 대수롭지 않다는 듯 답한다.

"별거 없네?"

"어, 그러네."

언니는 입원이 가능한 병원이 부산에 있다며 그쪽으로 정하자고 한다. 항암 치료는 대부분 외래로 진행되고 병실을 잡기가 쉽지 않은데 문의해 둔 병원 두 곳을 옮기며 입원할 수 있을 것 같단다. 정아는 잘됐네, 라고 답하며 더는 아쉬운 연락을 돌리지 않아도 된다는 사실에 안도한다.

통화를 마치고는 조금 멍했다. 할 일이 있었던 것 같은데, 뭐였지? 찬찬히 복기해 보고서야 한주를 떠올릴 수 있었지만 언니와의 통화로 감정은 이미 무뎌져 있었다. 한주를 용서하게 되었다는 게 아니다. 말을 섞고 싶지 않다, 쪽으로 기운 것이다. 더욱 솔직하게는 한주의 목소리를 듣고 싶지가 않다. 스스로도 놀랄 정도로 빠르게 한주에게서 멀어지며, 정아는 벌러덩 침대에 눕는다. 몸을 웅크리며 다시 잠들기를 바라고 있었더니 정말 잠이 들었다.

징징, 핸드폰 진동에 눈을 뜨니 주변이 깜깜하다. 의식이 돌아오는 중이라 시간 감각이 없다. 핸드폰 액정을 확인해 보니 고호민이다. 통화 버튼을 누르자 뜬금없이 노래를 불러 젖힌다.

"내가 왜 전화했을까아요?"

정아는 핸드폰을 귀에 댄 채 끔뻑끔뻑 천장을 본다. 고호민의 듣기 힘든 노래는 계속 이어진다.

"알아맞혀 보세요오? 내가 왜 전화했을까아?"

"몇 시야?"

묻고는 자기가 먼저 시계를 확인한다. 9시 20분이다. 자연스럽게 감탄사가 나온다.

"오."

"뭐야?"

"나 열세 시간 잤나 봐."

"이제 일어난 거야?"

"어. 끊어 봐. 정신 좀 차리게."

"내가 전화했거든? 내가 전화를 했거든은요?"

운율을 살려 노래로 질문하는 고호민의 목소리에 정아가 정색하고 답한다.

"그냥 끊을라고."

알 수 없는 이유로 고호민은 신이 나 있다. 택도 없는 가사를 이어 붙이며 노래만 불러 대는 통에 정아는 정말 전화를 끊으려고 했다. 그제야 고호민이 외친다.

"너 붙었어! 만화 페스티벌."

"아."

"『제3의 눈』이 붙었지은요."

다시 한 곡 뽑으려는 고호민에게 누가 들으면 앙굴렘 대상이라도 받은 줄 알겠다며 정아는 찬물을 끼얹는다. 고호민은 경주에 가기 전에 밥이나 먹자고 했다.

"내일 가는데?"

"그래? 그러면 지금 나와라."

"지금?"

"자다 깼다며. 배고플 거 아냐."

*

약속 장소인 치킨집에는 정아가 먼저 도착했다. 서비스로 나온 강냉이를 톡톡 입에 털어 넣으며 어제오늘의 붕 뜬 이상한 기분에 대해 생각하는 중이다. 시선은 홀 중앙의 대형 티브이에 닿아 있다. 스피커에서는 최신 가요가 흐르고 있고 티브이는 무음이다. 축구, 야구 경기가 아닌 뉴스 속보다. 필리핀 어디의 태풍 피해 화면이 이어진다. 정아는 조금 전까지 뭘 생각했는지도 잊고 눈앞에 보이는 뉴스 화면에 사로잡힌다. 잔인한 이미지들에 사랑 노래가 덧입혀져 기괴하다. 쓰러지는 건물과 불어난 수로, 저항하며 버티는 나무들, 울부짖는 사람들. 언제 왔는지 앞에 앉은 고호민이 뭘 시킬까 묻는데도 정아는 태풍 속보에 정신을 쏟는다.

몇 해 전 태풍이 기록적인 강도로 부산을 강타했을 때 정아는 엄마 집에 내려와 있었다. 아르바이트 일을 마무리 지으러 올라가려는데 티브이 속 태풍 피해 속보가 험했다. 엄마와 언니가 만류하는데도 짐을 쌌다. 엄마가 혼자는 못 보낸다며 굳이 태풍이 휘몰아치는 거리로 따라 나왔다. 죽을 고비를 몇 번이나 넘기며 부산역에 도착하니 정전이 되어 온통 깜깜했다.

"완전 블록버스터였어. 방송국에서 막 촬영하고."

"그래, 먹자. 먹으면서 얘기해."

어느새 테이블 위에는 프라이드치킨이 모락모락 김을 피워 올리고 있다. 대형 티브이의 화면도 축구 중계로 바뀌었다. 고호민은 큼직한 날개를 집어 정아 앞에 놓아 준다. 정아에겐 지금 치킨이 중요한 게 아니다. 그때 태풍을 뚫고 엄마의 장미 아파트로 돌아가는 길에 본 풍경이 얼마나 포스트모던했는지, 그걸 보는 엄마의 눈은 또 얼마나 어리둥절했는지 등등을 세세하게 설명해야겠다. 한참을 말하다 보니, 치킨집을 나와 카페로 향하고 있다. 중간중간에 고호민이 고개를 끄덕이며 든든하게 들어 주었으므로 정아의 말은 계속 흐른다.

"그날, 엄마랑 나랑 진짜 죽을 뻔했거든? 근데 웃긴 게, 죽을 뻔했다가 살았는데 다시 죽을 날을 받은 거잖아. 그때 왜 그렇게 살려고 마음을 졸였을까? 어차피 이렇게 되는 거. 웃기다, 그지?"

딱히 맺음말도 없이 이야기는 끝난다. 고요함이 낯설어 저도 놀란다. 말을 많이 한 탓에 턱이 아프다. 목소리가 어찌나 컸던지 귀도 얼얼하다.

"뭐 마실래?"

고호민의 목소리다. 카페에 들어온 지 한참 된 것 같은데 아직 주문도 안 하고 있었다. 고호민이 밀어 주는 메뉴판을 정아는 그제야 들여다본다. Americano, Flat White, Latte, The Classic. 죄다 영어다. 멋을 잔뜩 부려 쓴 필기체다. 집중해서 들여다보는데도 잘 모르겠는 메뉴투성이다. 그리고 그게 희한하게도 억울하고 서럽다. 시야가 흐려지며 눈물이 줄줄 흐른다. 참아 보려고 했는데 태풍 얘기에 진을 빼 버려서 버틸 힘이 없다. 정아는 꼼짝없이 당하는 심정으로 눈물을 쏟고만 있다. 고호민이 어디선가 구해 온 두루마리 휴지를 건넨다. 휴지를 받아 들고 정아는 괜히 변명한다.

"아니, 영어 모르는 사람은 커피도 마시지 말라는 소리잖아."

4부

12

장마는 계속되고 있었다. 항암 치료는 언니 친구가 근무 중인 을지병원에서 시작하기로 했다. 앰뷸런스를 부를지 콜밴을 부를지 고민하는 자매에게 엄마는 수선 피우지 말라 일렀고 자연스레 엄마를 태울 차는 아반떼로 결정이 났다. 마지막 정산을 하고 보니 하늘의원에 들어온 지도 다섯 달이 넘었다. 그간 쌓인 짐 중 대부분, 특히 큰마음 먹고 샀던 원적외선 반신욕기 같은 것은 다른 환자에게 되팔았다. 그러고 났더니 챙겨 갈 짐은 생각보다 간소해서 트렁크에 모두 들어가고도 자리가 남았다.

이삿날, 아침부터 비가 억수같이 내린다. 방에서만 생활한 지 두 달이 넘어 가는 엄마는 목발을 짚고 강당으로 내려오

다가 잠시 서서 주변을 둘러본다. 보이차와 메밀차가 늘 준비
된 식당을 가리키며 언니가 묻는다.

"차 한잔 하고 갈까?"

"뭐 하러 그라노."

말과 달리 엄마의 시선은 여전히 곳곳에 머문다. 자매는
조용히 엄마의 이별을 기다려 준다. 엄마는 한의사 선생님이
쉬는 날이라 인사를 못 하고 가는 게 영 아쉬운 눈치다. 한의
원 별채를 휘 둘러본 후, 건강하시라 인사하는 원장과 도우미
들의 배웅을 받으며 주차장으로 향했다. 엄마가 뒷좌석에 편
히 누울 수 있도록 자리를 봐 드리고 나니 언니와 정아의 등
이 비에 흠뻑 젖어 버렸다. 정아는 보조석, 언니는 운전석에
앉았다. 아침이지만 빗길이라 헤드라이트를 밝혔다.

을지병원에 도착하니 희재 언니가 가운을 입은 채 마중 나
와 있다. 언니와 꽤나 친했던 친구라 정아는 안면이 있지만
엄마는 아닌 것 같다. 딸의 친구라는 낯선 의사의 가운을 교
복으로 바꿔 보려고 얼굴에 주름을 잔뜩 잡았다.

예약해 둔 일인실로 들어가면서는 돈 때문에 한마디 할 줄
알았는데 다행히 엄마는 별말이 없다. 자매는 안도하며 짐을
푼다. 잠시 후 의사가 들어온다. 가운에 달린 명찰에 '서인철'
이라고 적혀 있다. 언니가 미리 정보를 준 덕분인지 엄마에게
친근하게 굴며 이것저것 묻는다.

"불편한 데는 없으세요?"

"목을 영 못 써요."

"지금도 불편하세요?"

"네, 그러네요."

아래로 숙여 보시라, 오른쪽 왼쪽으로 돌려 보시라는 주문에 엄마는 약간도 움직이지 못한다. 그럼에도 의사는 칭찬하듯 말한다.

"좋네요. 진통제를 더 드릴까요?"

"네."

의사의 친절을 받으며 일인실에 누운 엄마는 갑자기 부자가 된 얼굴이다. 언니는 의사와 함께 나가고 정아는 짐을 정리한다. 깨끗한 병실 서랍장에 가져온 물건을 넣으려는데, 하나같이 낡고 더러워서 새로운 공간에 어울리지 않는다. 억지로라도 정리를 해 보려고 쓸데없이 종이컵의 줄을 맞추고 있다.

진료실에서 따로 만난 서인철 의사는, 미소를 지우니 눈꼬리가 올라가서 날카로워 보인다. 어떻게 관리하는지 피부에는 탱글탱글 윤이 난다. 백발 때문에 엄마보다 연배가 높겠거니, 했는데 나이를 알기가 어렵다. 이딴 외모 품평에 정신이 팔린 정아와 달리 언니는 메모지를 펼쳐 놓고 질문 중이다.

"신약 제안을 받았었는데 선택을 못 하겠더라고요."

의사는 임상이 완료된 기존 약 중에서 엄마에게 투여할

종류가 있을 거라고 했다. 그때보다 개발된 약의 종류가 다양해져서 선택의 폭이 넓어졌다는 설명은 정아의 귀에도 좋게 들렸다. 유전자 검사 결과가 나와야 항암제를 선택할 수 있으니 기다려 보기로 하고 진료실을 나왔다.

*

사흘 후, 결과가 나왔고 의사는 경구용 항암제를 시작할 수 있겠다고 했다.

"다행입니다."

마지막 문장 덕분에 자매는 안심했다. '약을 쓸 수 있다'는 사실의 열거만으로는 다행인지 불행인지 가늠할 수 없었기 때문이다. 선고 8개월 만에, 항암 치료가 시작되었다. 방법은 허무할 정도로 간단했다. 구토 방지 등을 위한 주사액은 하루 두 번 호스로 주입하고, 시간에 맞춰 알약을 먹는 게 끝이다. 별다를 게 없어 보이는 작고 하얀 알약이, 그렇게 무시무시한 부작용을 일으킨다니 얕잡아볼 수 없다. 호흡 곤란이나 발작 등 들은 것만 해도 어마어마하다. 3주가 한 사이클인데 경과를 지켜본 후, 다음 사이클의 강도를 조정하기로 합의를 보았다.

첫 알약을 삼키기 전 엄마는 니가 내 병을 막아 줄 수 있

겠나, 라는 다소 미심쩍은 얼굴로 알약을 들여다본다. 정아가
함께 보며 묻는다.

"무섭나, 엄마?"

"약이 약이지. 뭐 무서버."

하고는 입을 벌려 알약을 톡 털어 넣어 버린다. 빨대 꽂힌
물통을 정아가 건네자 쪽쪽 빨아서 마시고는 힘주어 꿀꺽 삼
킨다.

"넘어갔나?"

"별것도 아니구만."

"어데 봐 봐."

"뭘 봐."

말은 그렇게 하면서도 불안해하는 딸을 위해 혀를 쏙 내밀
어 약이 없음을 확인시켜 준다. 정아는 굳이 고개까지 숙여
엄마의 입 속을 들여다본다. 목구멍을 넘어간 그 알약이 암세
포들을 무찔러 주기를 간절히 바라면서.

엄마는 흔하다는 구토도 탈모도 없었다. 다만 조금 멍했다.
기운이 없어 보이기도 했다. 세 번째 약을 먹은 날에는 점심
시간이 되었는데도 일어날 기미가 없다. 정아는 회진 도는 레
지던트를 붙잡았다.

"엄마를 깨워야 하지 않을까요?"

"주무시게 둬도 됩니다."

"계속 주무시면요? 그래도 돼요?"

"하루 꼬박 주무시는 경우도 있어요."

피곤해 보이는 레지던트를 더 이상은 괴롭히면 안 되겠다 싶어 정아는 병실로 돌아왔다. 침대를 보니 엄마가 눈을 뜨고 있다. 배식이 들어왔던 걸 좀 전에 물렸다.

"엄마, 밥 받아 올까? 먹을 수 있겠나?"

하지만 엄마는 눈만 멀뚱멀뚱 답이 없다. 이상한 기운에, 정아는 다가가 몸을 숙인다. 자신을 바라보는 엄마의 눈빛이 낯설고 생소하다. 엄마는 그 눈 너머 아득한 어딘가에 있는 것 같다. 그곳이 어디인지는 모르겠지만 여기가 아닌 것만은 분명해 보인다.

"엄마, 어디 안 좋나?"

정아의 질문에 엄마는 눈을 가늘게 찡그리면서 입꼬리를 슬쩍 올린다. 얼굴 근육이 순간적으로 미소에 가까운 표정을 만들어 낸다. 수줍은 듯도 하고 부끄러운 듯도 한 그 미소에 정아는 소름이 돋는다. 전혀 웃을 상황이 아닌데 왜 웃는 걸까? 엄마가 정신이 나간 걸까? 암세포는 여러 부위를 점령했지만, 뇌는 침략하지 않았다. 엄마의 뇌는 아직 깨끗하다. 그리고 그 사실이 자매가 엄마의 회복을 낙관하는 거의 유일한 근거다. 엄습하는 불안을 물리치며 정아가 다시 묻는다.

"엄마, 괜찮나? 내다, 정아."

하지만 엄마는 보고 있지만 보지 않는 눈으로 여전히 웃고 있다. 이런 엄마의 미소를 본 적이 있었나? 엄마 얼굴에 떠오른 수줍은 미소는 교태스러워 보이기까지 하다. 정아는 다급하게 기억을 뒤진다. 엄마의 웃는 얼굴들이 빠르게 지나간다. 딸들에게 자주 보였던 개구진 웃음과 친구 아줌마들과 하하하 웃던 호방한 웃음도 있다. 낯선 타인에게 보이던 쑥스러운 웃음도, 어처구니없는 상황에 짓던 자조적인 웃음도 잘 알지만 이 얼굴은 낯설다. 정아는 엄마를 모르는 존재로 느끼게 만드는 미소를 바라보며 엄마의 영혼 어딘가가 심하게 파손되었음을 확신한다. 그건 마비나 통증보다 훨씬 위험하다. 정아는 구체적인 두려움을 안고 데스크로 달려가서 간호사를 붙잡는다.

"엄마가 이상해요. 저를 못 알아보는 것 같아요."

"박선희 환자님이요?"

"네, 엄마가 이상해요."

따라온 간호사는 엄마의 혈압과 이것저것을 체크하며 질문을 던진다.

"어머니, 어디 아픈 데는 없으세요?"

엄마는 여전히 낯선 미소를 머금은 채다. 간호사는 이런 경우도 있다며, 약 기운에 의식이 흐려진 거라 위로하지만 정아가 계속 불안해하자 의사를 불러 주었다. 의사도 같은 말을 하며 특별한 이상은 없다고 했다. 정아는 그게 너무 이상하다. 엄마의 영혼이 엄마의 것이 아니게 되었는데 이게 이상하지 않다면 뭐가 이상한 걸까. 밤에 병실에 들른 언니조차 큰 문제는 아닌 것 같다고 했지만 정아의 공포는 사그라지지 않았다.

엄마의 미소는 계속되었다. 낯선 엄마를 견디며 그럭저럭 며칠을 보낸 후였다. 저녁 배식을 받아 들자, 미끈한 갈비 냄새가 코로 들어왔는데 그 순간, 떠올랐다.

엄마가 정육 식당에서 일하던 때다. 그 정육 식당은 자매가 다니는 초등학교 근처에 있었다. 당시 자매는 하굣길에 식당에 들러 밥을 먹는 게 주요 일과였다. 하교 시간이 달랐으므로 정아는 혼자 와서 밥을 먹었는데, 언니는 친구들을 데려왔었나 보다. 엄마가 동네 아줌마에게 정미는 이런 엄마가 하나도 부끄럽지 않은지 친구를 데리고 왔더라며 자랑을 했다. 정아도 엄마를 기쁘게 해 주고 싶었지만 그럴 수가 없었다. 사교성이 좋지 못해 친한 친구가 없었기 때문이다. 갑자기 식당에 데려올 친구를 만들 수는 없는 노릇이라 주눅 든 채로 식당을 드나들었다. 그러던 어느 날, 홀 귀퉁이에서 허겁지겁 갈비탕을 먹고 있을 때 정장을 입은 아저씨가 들어왔다.

"여, 식사 되는교?"

"예."

한산한 시간대라 홀에서 숟가락 젓가락을 닦던 엄마가 손을 닦으며 일어섰다.

"뭐 드릴까예?"

"저 아가씨 자시는 게 뭔교?"

"갈비탕이요."

"그걸로 주소."

"예."

정아는 아가씨라는 호칭으로 불린 게 태어나서 처음이라 묘하게 긴장하고 있었다. 정장 아저씨는 별말 없이 식사한 후 계산을 하고 나갔는데, 그 말투가 근처 공장 아저씨들과 달라 마음에 남았다. 물 좀 주소, 얼만교, 말끝에 '요' 하나만 붙여도 다르구나, 어린 귀에도 듣기가 좋았다. 이상하게도 그 정장 아저씨는 다음 날, 그다음 날에도 같은 시간에 와서 정아가 먹는 메뉴를 따라 먹었다.

며칠 후, 정아가 식당에 갔을 때 엄마는 숟가락을 닦으며 희미하게 콧노래를 부르고 있었다. 제육볶음을 먹으며 훔쳐보니 엄마 얼굴에 옅은 화장기가 보이고 분 냄새가 났다. 이제껏 알던 엄마의 냄새와 거리가 먼 그 분 냄새는 한번 인식하고 나니 미끈한 고기 냄새보다 강력하게 정아의 후각을 자극했다. 인상을 찌푸리며 먹기에 집중하려는데, 문이 열리며 정

장 아저씨가 들어왔다. 처음과 같은 시간, 처음과 같은 질문
이다.

"여, 식사 되는교?"

"예."

정아는 제육볶음에 고개를 처박고 정장 아저씨의 시선을
느낀다. 어김이 없다.

"지도 같은 걸로 주소."

곧장 정아는 엄마를 돌아본다. 눈을 가늘게 찡그리며 입꼬
리를 슬쩍 올린다.

이거였구나. 다 큰 정아가 젊은 엄마를 일시 정지시켜 놓고
샅샅이 살핀다. 왜 엄마의 미소가 불경스럽게 느껴졌는지 이
제야 알겠다. 그때 정아는 엄마가 바람이 났다고 믿었다. 자신
을 버리고 저 아저씨와 도망가 버릴 거라고. 언니에게 일러서
함께 막아야겠다, 결심했던 기억도 난다. 하지만 이후의 기억
은 없다. 엄마가 또 화장을 했는지, 정장 아저씨는 얼마나 더
식당에 왔는지, 정아는 갑갑함을 느끼며 머릿속을 헤집는다.
노력하다 보면 가끔은 왜곡되고 잘려 나간 기억이 되찾아지
기도 했으므로 한참을 집중한다. 하지만 간호사가 링거를 갈
아 주러 왔으므로 기억 찾기는 중단되었다.

간호사가 나가고 정아는 잠든 엄마의 얼굴을 물끄러미 내
려다본다. 곤히 잠든 엄마는 입을 살짝 벌린 채 갸르륵갸르

륵 가래 끓는 소리를 규칙적으로 내뱉고 있다. 살비듬이 덕지 덕지 낀 얼굴은 호흡으로 미세하게 떨리는 중이다. 찬찬히 보고 있으니 방금 전까지 집착하던 과거가 순식간에 시시해져 버린다. 그게 뭐 어쨌다는 건가 싶다. 엄마의 미소를 두고 영혼이 파괴된 증거라며 유별나게 군 것도 미안하다. 정아는 물티슈를 꺼내 들고 살살 엄마의 살비듬을 털어 낸다. 깊은 잠에 들었는지 좋다 싫다 반응이 없다. 설마 같은 사람일까? 병문안 왔던 충청도 아저씨와 정장 아저씨를 나란히 놓아 본다. 에이, 말투부터가 다르다. 체격도 느낌도 동일 인물은 아니다. 아무렴 어떤가. 누구든 엄마가 원하면 볼 수 있는 연인이 있었으면 좋겠다. 엄마의 연인은 죽지 않고 살아 있는 것이다. 그것만으로도 엄마는 자신보다 처지가 나아진다. 정아는 밀려드는 죄책감을 이상한 논리로 막아 내며 엄마의 얼굴을 닦는다.

13

오늘은 서인철 의사와의 면담이 길어지고 있다. 자매는 엄마의 하반신 마비를 막을 방법을 찾으려고 왔는데, 의사가 골절의 위험까지 거론해서 두려움이 커졌다. 언니는 허리에서 효과를 봤던 방사선 치료에 관해 묻고 싶지만, 직접적인 표현이 월권이라 판단했는지 에두른다.

"목은 그럼, 수술하는 게 좋은가요?"

"그렇기는 한데, 환자의 상태도 고려해야 하니까요."

의사는 애매하게 답하며 검사 기록을 살피고 있다. 정아는 방사선 치료 결과가 눈에 띄는 곳에 적혀 있기를 바라며 함께 차트에 시선을 던진다.

"방사선 치료로 허리가 많이 좋아지셨었거든요."

성격 급한 언니가 참지 못하고 내뱉자, 의사가 답한다.

"목은 방사선 치료가 힘듭니다. 신경외과 쪽 얘기도 들어보고 결정하시죠."

"수술은 어떤 방식이죠?"

"그것도 신경외과 설명을 들으시는 게 좋겠네요."

대답을 피하려는 의사에게 언니는 반복해서 알려 달라고 요구했다. 정아는 언니의 끈질긴 요구가 엄마를 위한 것임을 잘 알기에 의사를 쏘아보며 거들었다. 그런 자매의 기운에 의사는 한참을 난처해하다가 결국 설명을 해 주었다.

통증과 마비의 원인은 신경이 종양에 눌렸기 때문이다. 종양과 신경 다발 사이에 지지대를 넣어 주면 제 위치를 잡을 수 있다. 의사는 말하면서 손에 쥔 모나미 펜을 톡, 책상 위에 수직으로 세웠는데, 정아는 그 모나미 펜을 엄마 목에 넣는다는 것 같아서 좀 무서웠다.

"삶의 질을 높이고자 하신다면 다른 방법은 없을 것 같습니다."

직업의 특성상 서인철 의사는 비관주의자인 듯하다. 내뱉는 문장의 끝이 모두 부정문이다. 긍정조차도 이중부정문으로 처리하는 강박적인 태도에 정아는 존경심마저 들 정도다.

진료실을 나오며 언니는 조금 더 알아봐야겠다고 했다. 수술 자체도 엄마 상태에선 부담인데 전신마취가 두려움을 키웠다. 정아가 묻지도 않았는데 언니는 위안하듯 스스로 답한다.

"그래도 항암 잘 받은 게 어디고."

"어."

"허리랑 다리에 엄청 줄었더라. 봤제?"

"어."

커졌다가 줄었다가, 종양은 살아 있다. 진료실에서 들여다보던 CT 상으로는 위치만 바뀐 것으로 보였다. 포토샵에 올려놓고 전후 총량을 비교해 보고 싶다 생각했던 게 떠올랐지만 언니의 희망에 찬물을 얹고 싶지 않아 말을 삼킨다.

"다른 병원에 갔다 올게. 필요한 거 있음 연락하고."

정아가 귀로 들어온 문장들을 채 해석해 내기도 전에 언니는 이미 멀어지고 있다. 정아는 그 뒷모습을 보며 해석을 이어 간다. 다른 병원에 가겠다는 건, 혹시 있을지 모를 다른 방법을 찾아보겠다는 거다. 언니는 자신의 선택이 최선이기를 바라기에 모든 가능성을 고려해 보고자 한다.

저녁이면 올 줄 알았던 언니는 전화로 경과를 알렸다. 서인철 의사가 소개했던 신경외과 의사가 말기암 환자 수술 전문이 아니라서 걱정이다, 내일 서울에 가서 외래 상담을 받은 후에 결정하겠다, 그렇게 말하고는 갑자기 질문을 붙였다.

"정아, 니 생각은 어떻노?"

항암을 여기서 하고 있는데 서울까지 가는 건 오버 아닌가,

생각하던 정아는 긴장한다. 잠시 단어를 고른 후 대답한다.

"예약 잡았다며. 듣고 오면 되겠네."

"말고, 수술 말이다."

"그러게."

"그자?"

아무런 알맹이 없는 대화를 이어 가며 정아는 언니의 감정에만 집중했다. 괜찮을 거다, 잘하고 있다, 라는 뉘앙스를 전하기 위해 최선을 다했다. 바뀐 스케줄은 통화를 마친 후에나 단단히 새겼다. 언니가 임무를 마치고 돌아올 때까지 자신은 엄마를 지켜야 한다.

엄마는 1차 항암을 마친 후 부쩍 잠이 많아졌다. 무서운 건 내성인데, 휴지기 이후에나 파악이 가능하다. 2차 항암에 들어가기 전에 웬 검사가 많다. 점심을 먹은 후에 영상의학과를 찾았다. 엄마가 CT 촬영을 하는 동안 정아는 복도 벤치에 앉아 있다. 맞은편 벽면에 걸린 해바라기 그림을 보고 있으니 고호민 생각이 난다. 고흐, 고갱, 고호민…… 반복 학습이라는 거 꽤나 무섭구나, 세뇌당한 스스로에게 놀라는 중에 휴대폰 진동이 울린다. 고호민이다. 카페에서 철철 울었던 게 쪽팔려서 그 이후로 몇 번 걸려 오는 전화를 받지 않았었다. 한 호흡을 고른 후에 통화 버튼을 누르며 정아는 괜히 목소리를 크게 낸다.

"뭐야."

저쪽에서 고호민도 놀란다.

"뭐야?"

"안녕."

"안녕 좋아하시네. 내가 걸었는데?"

"어, 그러니까."

"뭐 해?"

"병원이지."

"병원이 어디야?"

"어디긴, 엄마 계신 병원이지."

"주소, 어드레스, 인마. 내가 지금 부산이야."

지금 온다고? 속고만 살았냐, 쓸데없는 합을 주고받은 후에야 정아는 주소를 알려 주었다. 고호민은 경주빵을 만회하기 위한 선물로 뭐가 좋을지를 물었다. 정아는 그냥 와도 된다고 했지만 고호민은 한사코 뭘 사 가야겠단다. 마침 며칠 전에 엄마가 김부각을 먹고 싶다고 한 게 떠오른다.

"그럼 김부각 부탁해."

"그게 뭔데?"

"김튀각 같은 건데, 몰라?"

"김튀각은 또 뭐야?"

"시장 가면 김 튀긴 거 같은 과자 있어. 꼭 찹쌀풀로 튀긴

걸로."

"엄청 디테일하구만, 아주."

CT 촬영이 끝나고 병실로 이동하니 고호민이 멀뚱히 기다리고 서 있다. 실제로 보니 상상만큼 어색하지는 않아 다행이다. 정아는 조무사와 함께 침대를 넣으며 약에 취해 잠든 엄마가 깰까 봐 소곤소곤 속삭인다.

"빨리도 왔다."

"금방이더만."

달짝한 김부각 냄새가 병실 가득 퍼진다. 바로 엄마에게 먹여 주고 싶지만, 약 기운은 조금 더 지속될 것이다. 엄마가 깰 때까지 정아는 고호민과 산책이나 할까 하고 병실을 나왔다.

로비 유리문이 열리고 훅 더운 기운이 얼굴을 때리자 그제야 자신이 아주 오래 밖으로 나가지 않았음을 깨닫는다. 로비 안으로 뒷걸음질하며 정아가 말한다.

"날씨 왜 이래."

"이 날씨에 뭔 산책인가 했다. 써머잖아, 써머."

"몰랐지. 요즘 낮에 이런 거야?"

"얘가 문명에 싸여서 자연을 잊었구만."

급하게 계획을 수정한 두 사람은 지하 카페에서 아이스 아메리카노 하나씩을 사서 실내를 걷기로 했다. 한담을 나누며 둘러보니 익숙한 풍경들이 새롭다. 로비 조형물이 패기가 있어 뵌다느니, 원무 창구 아줌마가 우환이 있는 게 분명하다느니, 정장 무리를 병원에서 보니 대부 같다느니, 종알종알 고호민의 중계와 함께 로비 한 바퀴를 돌고 병실에 갔더니 엄마는 깨어 있었다.

"엄마, 오빠 왔다."

"안녕하셨어요, 어머니."

다행히 엄마는 기억하는 눈치다. 지난번과 달리 조금은 반가운 기색을 비친다.

"먼 길 오셨네요."

하고는 정아를 보는데 왜 미리 알려 주지 않았냐는 질책이 섞인 표정이다. 정아는 김부각을 쟁반에 담으며 변명한다.

"내한테도 말 안 하고 이래 왔더라고."

"네, 어머니. 제가 예의 없이 불쑥 왔습니다."

"정아, 음료수라도 꺼내 드리라."

정아는 알았다고 답하며 김부각을 엄마 앞에 둔다.

"오빠가 이거 사 왔다. 엄마 먹고 싶어 했잖아."

"찹쌀풀로 좀 전에 튀긴 겁니다. 어머니."

에어컨이 팽팽 돌아가고 있는데 고호민의 목덜미에 땀이 맺힌 게 보인다. 노력하고 있구나 싶어 미안하다. 엄마가 김부각을 한 조각이라도 먹어 주면 좋겠다고 생각하며 고호민에게 과일과 음료수를 내놓는다. 할 일이 끝난 정아는 별생각 없이 원래의 자리인 간이 침대 끝에 앉는다. 그러고 보니 고호민과 엄마, 정아가 병실에서 제일 큰 삼각형을 만들게 되었다. 이럴 때는 어떤 이야기를 해야 하나, 정아가 나서야 하지만 별다른 화젯거리가 떠오르지 않는다. 병실은 고요하고 또 고요하다. 고호민이 뭔가를 찾아냈는지 대뜸 큰 목소리를 낸다.

"어머니, 정아 그림책이 공모전에 오른 거 아시죠?"

정아가 놀라서 쳐다보자 더욱 기세 좋게 말한다.

"너, 일등 해서 깜짝 놀래켜 드리려고 그랬구나?"

"아니, 뭐 대단한 것도 아니고."

"그기 뭔데?"

엄마 얼굴에 떠오르는 씁쓸한 기색을 재빠르게 읽으며, 정아는 잘못을 들킨 것처럼 당황한다.

"별거 아니라서 그런다."

실은 정아도 엄마에게 알리려고 했다. 병실에는 언제나 새로운 이야깃거리가 필요했고 공모전은 좋은 화제일 수 있었다. 하지만 『제3의 눈』이 그에 대한 이야기라는 게 걸려 입을 닫았다. 그림을 보여 줄 수도 자랑을 할 수도 없었다. 죽은 사람을 생각하고 그리워한다는 게, 엄마 앞에서만은 죄스러웠다.

눈치도 없이 고호민이 추켜세운다.

"어머니, 정아 얘가 그림이 참 좋아요."

"그래요? 통 보여 주지를 않아서요."

"올해는 부산에서 한다니까 어머니랑 같이 가면 되겠다."

"됐어. 뭘 가."

정아가 대충 막으려는데, 엄마가 관심을 보인다.

"언제 하는 건데요?"

"9월이니까 금방이죠, 뭐."

순간적으로 엄마의 얼굴에 두려움이 스친다. 다음 달까지 살아 있을 수 있을까? 제멋대로 표정을 읽어 낸 정아는 더욱 죄지은 기분이 된다. 어색한 시간은 다시 이어졌고 정아는 엄마가 쉬어야 한다며 고호민을 일으켜 세웠다. 고호민은 준비한 멘트가 있었던지 끌려 나오다시피 하면서 엄마에게 외쳤다.

"어머니, 제가 지금은 별 볼 일 없어도 차근차근 일해서 출판사를 열 계획입니다."

아무도 묻지 않은 장래 희망을 주저리주저리 늘어놓는 고호민을 보며 엄마가 아주 작게 웃었는데, 그 순간을 놓치지 않고 고호민이 센스를 부린다.

"어머니, 웃으니까 아름다우십니다!"

"됐어, 가."

정아가 등을 밀치고서야 마무리 인사를 나눈다.

복도로 나서며 고호민은 싱글벙글이다. 지난번에 비하면

선방한 거 아니겠느냐며 혼자 뿌듯하다. 특히나 엄마가 웃었
다는 사실에 고양되어 목소리가 크다.

"남자는 꿈인 거거든. 딱 봤지? 어머니 바로 함박웃음, 응?"

"어, 그래."

"나를 거부하긴 쉽지가 않은 거거든."

"어."

"얘 좀 봐. 정아 너 이러기야?"

"뭘?"

"그렇잖아, 아까부터. 사람이 애를 쓰는데."

"누가 애써 달래?"

"말투가 왜 그따위야?"

"내가 부탁했어? 내가 불쌍해?"

정아는 자신에게도 낯선 문장을 연타로 내뱉고는 고호민
을 빤히 본다. 이런 말을 하게 될 줄 정아도 몰랐다. 고호민의
웃음기가 걷히고 눈매가 빠르게 매서워진다.

"그래."

고호민의 목소리가 차갑다.

"졸라 불쌍하다, 됐냐?"

"뭐?"

"불쌍하고 그럼 안 돼? 뭘 넌 다 하려고 그러는데?"

"내가 뭘 다 해?"

"아닌 척까지 하려고 하잖아. 주변 불편하게."

"주변 누구? 한주가 그래?"

"뭐야? 한주가 왜 나와?"

"됐어. 가, 그냥."

"니가 뭔데 가라 마라야? 가도 내가 가."

"뭐?"

"너 힘들다고 그렇게 막 하면 써?"

어금니를 깨무는지 고호민의 턱 근육이 험악하게 울룩거린다. 정아는 눈을 부릅뜨며 지지 않고 내지른다.

"누가 힘들대? 내가 언제 힘들대!"

하고는 잠시간 둘은 노려보기만 한다. 입구를 막고 있어 지나던 환자와 보호자들이 흘깃거리지만 아랑곳하지 않는다. 그 모습이, 누가 봐도 싸우는 연인의 모습이다.

*

다음 날 아침, 정아가 눈을 뜨니 서울에서 돌아온 언니가 김부각을 씹으며 엄마와 이야기하고 있다.

"깼나?"

"어. 언제 왔노?"

"호민이 오빠 왔었다며?"

"어."

"니 뭐 붙었다며, 그럼 지금 있나?"

"아직 아무것도 아니다."

하고는 더 이상 묻지 말라는 의미로 칫솔을 입에 문다. 언니는 그런 정아를 짧게 흘겨본 후, 엄마와 이야기를 이어 간다.

"엄마가 쪼매라도 걸리거나 찜찜하면 수술 안 해도 된다."

"서울이랑 뭐가 다르다나?"

"여가 낫더라. 서울서는 한참 기다려도 못 할 수도 있단다."

언니가 알아 온 정보에 엄마는 꽤 누그러진 얼굴이다.

"수술 선생님도 괜찮고?"

"어, 여 신경외과 선생님이 진짜 잘하는 선생님이란다. 수술 전에 원래 돈도 찔러 주고 그런다는데 그런 거도 안 받고, 실력은 좋고, 그렇단다."

"그래도 못 깨어날 수도 있고 그런 거제?"

"마취가 무서운 거라서, 그럴 수도 있다는데……."

언니는 말끝을 흐리며 곤란하다. 양치를 끝낸 정아가 언니 옆에 앉는다.

"뭐고, 다 먹은 거가?"

김부각 비닐은 텅 비었다.

"먹으려던 거가?"

"맛이라도 볼라 했지."

정아는 먹고 싶지도 않았으면서 괜히 그렇게 말해 본다.

"이따 이모 올 때 사 오라 할게."

"와, 또? 지난주에 와 놓고."

언니는 가벼운 얼굴로 답한다.

"엄청 무서운 수술이니까 그렇지."

엄마의 어두워지는 표정을 살피며 언니가 재빠르게 말을 얹는다.

"그래도 수술이 가능한 게 어디고. 엄마가 완전 건강하니까 그런 거다."

언니는 정말 그렇게 믿고 있다. 신나게 자라던 종양이 항암 덕분에 멈췄고 목 수술을 하면 다시 앉거나 설 수 있을 거라고, 괜찮아질 거라고. 정아는 최악의 상황이 불쑥불쑥 떠올라 아무런 입장을 가질 수가 없는데 언니는 다르다. 쥐어짜낸 흔적 없이 긍정을 전한다. 언니의 이런 태도는 거짓이 아니다. 엄마를 바보로 만드는 속임수도 아니다. 정아는 언니의 이토록 건강한 낙관이 매번 놀랍다.

점심 식사를 마치고 정아가 배식판을 반납하고 왔더니, 언니는 엄마에게 연구실의 바뀐 분위기를 들려주고 있다. 엄마는 간혹 그래서? 우짜노, 등의 맞장구를 치며 오랜만에 즐거워 보인다. 정아는 귀로만 대화에 참여하는 중이다. 드르륵,

병실 문이 열려서 가까운 정아가 몸을 빼 보니 이모가 서 있다. 그 뒤로는 날카로운 인상의 웬 할머니도 보인다. 엉거주춤 고개인사를 하며 정아가 목소리를 낸다.

"엄마, 이모 왔다."

"언니야, 내다."

들어오며 이모는 익숙하게 병실 내부를 훑는다. 엄마는 이모를 잘 보려고 몸을 세우려는데 링거 줄이 거추장스럽다.

"침대 높일까?"

언니가 잡아 주며 묻는다. 엄마는 작게 고개를 끄덕인 후에 이모에게 반가움 섞인 타박을 건넨다.

"일하는 아가 와 자꾸 오노."

말하던 엄마는 그제야 이모 뒤에 선 할머니를 본다.

"이모…… 이모가 웬일이세요."

이모가 엄마의 이모를 데리고 온 것이다. 정아에게는 촌수가 매우 복잡한 이 할머니는, 마른 몸에 자줏빛 원피스를 입고 나비 모양의 끝이 뾰족한 안경을 꼈는데, 모든 게 답답할 정도로 깐깐해 보인다. 그렇다면 외할머니의 동생이라는 말인데 겉모습만 봐서는 논밭의 자연물처럼 존재하던 외할머니와 전혀 자매간으로 보이지 않는다.

"니가, 선희야, 니가…… 우짜노."

부루퉁한 얼굴로 들어오던 할머니는 자신이 내뱉은 말에

자신이 영향을 받은 듯 침대로 몇 걸음 오지도 못하고 서서 울음을 터뜨린다. 모셔 온 이모는 자기와 상관없는 일이라는 듯 보조 의자에 먼저 앉아 버린다. 언니와 정아는 갑자기 동정을 받게 된 엄마의 기분을 살피는 데에 신경을 집중한다. 할머니의 눈물이 잦아들기를 기다렸다가 엄마가 말한다.

"좀 앉으세요. 정미, 음료수 내 온나."

"됐다."

목소리도 깐깐하다. 할머니를 무시하고 언니는 엄마를 따른다. 언니가 주스를 쥐어 드리자, 할머니는 자신의 의견이 거부당했다는 사실도 잊고 병뚜껑을 매만진다.

외할머니의 여동생인 이 할머니는 대구 칠성시장에 터를 잡고 양장점을 해서 엄마는 '칠성이 이모'라고 부른다고 했다. 엄마로부터 들은 이 이야기를 정아에게 전해 주던 언니는 '칠성 할머니'라고 불렀다. 국민학교를 갓 졸업한 엄마의 첫 직장이 그 양장점이었단다. 거기서 식모처럼 10년 가까이 일만 하다가, 선을 봐서 만나게 된 게 아빠였다. 칠성 할머니가 얼마나 고약했던지, 그렇게 부려 먹은 엄마가 결혼한다는데 돈 한 푼을 안 쥐어 줬단다. 듣던 언니가 순 썩었네, 했더니 엄마가 그래, 그건 쫌 그렇더라, 했단다. 엄마가 그런 뒷말을 했다는 건 엄청나게 서러웠다는 거다. 정아도 들으면서 나쁜 사람이네, 하고 함께 씩씩거렸지만 정작 칠성 할머니가 계시는 동안에는 별다른 입장을 가지지 못한 채 엄마의 표정만 살폈다.

칠성 할머니는 아이고, 같은 감탄사를 몇 번 내뱉다가 어느 순간 탄력을 받아 래퍼처럼 중얼거리기 시작했다. 애들 홀몸으로 다 키우고 이게 무슨 날벼락이냐, 억울해서 어쩌냐 같은 말을 잔뜩 늘어놓더니 그걸로도 모자랐는지 또 몇 마디를 붙인다.

"선희 니는 어릴 때부터 그랬다. 속으로만 끙끙, 그러면 누가 아노? 그라니까 병이 난 거 아이가!"

난데없는 질책이 엄마에게 꽂히자 정아가 발끈해서 일어서려는데 언니가 지그시 팔을 잡는다. 창밖을 보며 잔소리를 흘려보내던 엄마는 그제야 눈알을 굴려 칠성 할머니를 본다.

"가세요, 그만."

"뭐라?"

"순덕이가 바래다 드리라."

할 말 많아 보이는 칠성 할머니 뒤에 이모가 가서 선다. 엄마는 목을 돌리려다가 통증이 느껴지는지 인상을 찌푸리며 대화를 마무리한다.

"조심히 가세요."

그러고는 몸에서 유일하게 자유로운, 눈꺼풀을 닫아 버렸다. 이 모든 상황을 받아들이기 힘든 칠성 할머니는 몇 번이나 입술을 열었다가 닫았다. 그렇게 잠시 침묵했다가 이 공간의 위계질서를 받아들이고는 순순히 돌아섰다. 칠성 할머니가 나간 후에도 엄마는 한동안 닫은 눈을 열지 않았다. 정아와 언니는 침묵 속에서 핸드폰을 보거나 서로 시선을 교환하거나 했다. 배웅하러 나간 이모는 잠시 후에 돌아왔다.

이모가 들어서자마자 엄마가 눈을 뜨며 꽥 소리를 지른다.

"니 와 쓸데없는 짓을 하노."

"내가 뭐."

이모는 눈썹이 축 처지며 벌서는 아이 같은 얼굴이 된다.

"이모한텐 와 알렸노?"

"연락이 왔는데, 거짓말할 순 없잖아."

"말을 안 하면 되지."

"기혁이가 말했다잖아. 그러면 기혁이한테도 안 알렸어야지."

기혁이라는 자가 칠성 할머니의 아들인 모양이다. 더 내지르려 힘을 주던 이모는 갑자기 태세를 바꾸며 바닥으로 시선을 떨어뜨린 채 사과한다.

"미안하다."

"니도 가라, 마."

쭈뼛거리며 이모가 일어선다.

"또 올게."

"오지 마라."

다시 눈을 감은 엄마는 단호하다. 이모는 억울함과 섭섭함이 뒤섞인 얼굴로 병실을 나간다. 언니가 눈치를 보며 뒤따른다. 정아는 엄마의 앙다문 입매를 보며 묘한 안도감을 느끼고 있다. 남겨진 시간을 배려와 화해로 보내는 사람들도 있겠지만 엄마는 그러지 못하는 사람이다. 원래의 자신을 변형시키지 않고 자연스러운 걸 택했다. 싫은 건 싫은 거다.

14

수술 날짜는 8월 5일로 잡혔다. 진료실에는 언제나처럼 언니가 오른쪽에, 정아가 왼쪽에 앉았다. 맞은편에 앉은 서인철 의사는 잘 아시겠지만, 이라고 운을 떼며 수술의 위험성에 대해 강조했다. 마취에서 못 깨어날 수도 있고, 상태에 따라 수술을 못 할 수도 있단다. 이미 신경외과와 마취과에서 여러 번 들었던 언니는 빈정이 상해서 쏘아붙인다.

"반복해서 알려 주실 필요 없어요."

의사는 엄마의 상태가 상태이니 그런 거라고 한다. 그 말이 언니를 자극했다.

"저희 어머니 상태가 어떤데요?"

분명한 적의를 품은 질문에, 의사는 약간의 틈도 없이 바로 답한다.

"기적이죠."

예상치 못한 대답에 언니와 함께 정아도 놀라서 입이 벌어진다. 모든 문장을 부정문으로 맺던 의사가 거의 처음 내뱉은 긍정의 문장이다. 의사는 자매의 반응에 아랑곳하지 않고 투명한 눈으로 엄마의 차트를 넘겨 보고 있다.

진료실을 나오며 자매는 방금 들은 기적에 대해 별 이야기를 나누지는 않았다. 하지만 각자 그 단어를 몇 번이나 곱씹었다. 처음 병원에서 받았던 선고일로부터 엄마는 반년 가까이를 더 살아 냈다. 이에 대한 의사의 소견은 기적이다. 이제는 익숙해져서 자꾸 까먹게 되는데 엄마는 기적을 이루는 중인 거다.

수술 전날, 신경외과 레지던트가 병실로 찾아와 준비 사항에 대해 알려 준다. 오늘 밤부터는 진통제만 먹고 금식을 하라, 하고는 바로 영상의학과로 가란다. 이번 주 들어서만 세 번을 들락거렸지만 하루하루 바뀌는 종양의 위치와 크기를 확인해야 해서 어쩔 수 없다. 뒤따라온 조무사와 함께 엄마의 침대가 옮겨진다. 간단한 촬영을 끝내고 병실로 돌아오니 학교에 갔던 언니가 와 있다. 내일 수술이 걱정이라 오늘은 세 모녀가 함께 자기로 했다. 편한 옷으로 갈아입으며 언니가 묻는다.

"냉장고에 밥 없던데?"

엄마는 금식이고 정아도 생각이 없어 먹을 것을 챙기지 않았다. 정아는 지갑을 들고 일어선다.

"지하 가서 사 올게. 거기 김치볶음밥 괜찮던데, 먹을래?"

"뭐든 좋다."

지하 식당가로 가서 김치볶음밥을 주문하고 기다리는 동안 정아는 김밥과 샌드위치도 샀다. 양손 가득 비닐 봉지를 들고 병실 앞에 다다르니, 그동안 무슨 일이 있었던 건지 쩌렁쩌렁 울음소리가 밖으로 새어 나온다. 언니의 목에서 나오는 것이 분명한 그 소리에 정아는 복도에 멈춰 선다. 비닐봉지를 든 손이 덜덜덜 떨리고 있다. 온몸의 피가 빠져나가는 듯한 어지럼증을 느끼며 간신히 병실 문을 연다. 눈으로 빠르게 엄마를 찾으니 침대에 누운 채다. 울고 있는 언니와 달리 엄마는 담담한 얼굴이다. 그제야 안도한 정아는 휘청이는 걸음으로 의자에 가서 앉는다. 엄마의 상태를 확인했음에도 놀란 가슴은 여전히 쿵쾅거린다.

언니는 몸을 잔뜩 웅크린 채 목 놓아 울고 있다. 언제 챙겼는지 손에는 두루마리 휴지를 통째로 쥐고 있다. 엉엉, 참지 않고 내뱉는 울음소리는, 어린애가 내뱉는 듯 순수한 감이 있다. 통곡의 리듬에 맞춰 언니의 몸이 앞뒤로 흔들리고 있다.

이유도 모르면서 정아는 착잡한 얼굴이 된다. 우는 언니가 하나도 이상하지 않다. 이제껏 얼마나 많은 눈물을 삼켰는지를 누구보다 잘 알기에 방해하고 싶지 않다. 하지만 눈치 없는 음식들은 모락모락 냄새를 피워 올리며 자신의 존재를 외치고 있다. 엄마가 지시한다.

"식기 전에 먹어라."

난처해진 정아가 비닐 끝을 만지작거리고만 있는데 다시 엄마가 명령한다.

"정미 무라. 정아 채리고."

정아가 멈칫거리자 언니가 휴지로 코를 막으며 일어선다.

"세수하고 올게."

언니가 나간 사이 정아는 빠른 손놀림으로 비닐을 풀고 음식들을 간이 테이블에 올린다. 그동안 엄마는 창밖에 시선을 고정한 채 길게 한숨을 내뱉고 있다. 정아는 이상하게도 언니와 엄마 사이에 무슨 일이 있었는지는 하나도 궁금하지 않다. 다만 둘 중 누구도 상처받지 않았기를 바랄 뿐이다.

그날 밤 엄마가 잠든 후 언니는 정아를 밖으로 불렀다. 브리핑하듯 간단명료하게 설명하는 통곡의 이유는 이러했다.

엄마가 이제껏 빌려준 돈의 내역을 언니에게 알려 주었다. 목욕탕 아줌마 500만 원, 301호 아줌마 100만 원, 기공사 아줌마 300만 원, 민정이 아줌마는 200만 원인데 딸 학비니 천천히 받아라. 언니 앞에 내어놓은 통장 4000에, 받을 돈이 1100이다. 내역을 받아 적는 언니에게 엄마는 이렇게 덧붙였다고 한다.

"미안해하지 말고 꼭 받아라."

그 말에 눈물이 터졌단다. 수술을 앞둔 엄마가 왜 갑자기 돈 얘기를 하는지 즉각적으로 알겠더란다. 준비해 뒤야 했을 것이다. 의사가 몇 번이나 겁을 줬으니 엄마도 분명 마지막을 정리해 보았을 거다. 생각 끝에 딸들에게 발목이 잡혔다. 시집도 못 가고 자리도 못 잡은 못난 딸들을 걱정하다 보니 빌려준 돈이 아쉬웠다. 자매가 아니었다면 죽기 전에 지인들에게 돈 이야기를 꺼낼 엄마가 아니다. 언니는 죄책감과 서러움이 동시에 밀려왔다며 그때의 감정에 거리를 두듯 건조하게 말했다.

"그래서 울었다."

이야기를 마친 언니는 다시 병실로 들어가고 정아는 혼자 조금 걸었다. 언니에게 들은 엄마를 자신의 마음에도 담아 두고 싶었기 때문이다.

그러니까, 정아가 지하상가에 간 동안 아무런 법적 효력이 없는 유산 상속이 이루어진 것이다. 변호사도 공증서도 없지만 수술을 앞둔 엄마는, 그 누구보다 남겨질 딸들을 걱정했다. 그게 다 뭐라고, 그딴 게 뭐 대수라고. 생각하며 걷는 정아의 상체가 통곡하던 언니처럼 앞뒤로 흔들리고 있다.

*

수술 당일, 병실로 조무사 둘이 이동식 침대를 밀고 들어온다. 자매는 옮겨지는 엄마에게 아무 말도 할 수가 없다. 조무사가 엄마의 상의를 갈아입혀 주며 친근하게 이것저것을 묻는다.

"괜찮으시죠? 가실까요?"

엄마는 목소리가 나오지 않는지 눈꺼풀만 깊게 닫으며 답한다.

보호자 대기실은 너른 방으로, 플라스틱 벤치가 양옆에 길게 놓여 있다. 침울한 얼굴의 무리가 한쪽 자리를 차지하고 있어서 자매는 반대쪽에 앉는다. 중앙 벽에 걸린 커다란 전광판에는 각 이름 옆에 간단한 상태가 떠 있다. '김태호 48 남 수술 중'. 저 무리가 기다리는 사람이 김태호 씨인가 보다. 잠시 후, 전광판에 '박선희 54 여 수술 중'이 뜬다. 옆에 앉은 언니가 갈라진 목소리로 말한다.

"엄마다."

정아가 답해 준다.

"맞다, 엄마다."

수술은 몇 시간이 걸릴지 모른다고 했다. 상태에 따라 다르다고. 그러니까 이제부터는 기다리는 수밖에 없다. 정아는 배가 고프지도 않고 화장실에 가고 싶지도 않아서 전광판만 바라보고 있다. 처음에는 별생각 없이 전광판 녹색의 망점을 보고 있었는데 잠시 후 망점이 어른어른 춤을 춘다. 눈이 시려서 시선을 내렸더니, 이번에는 눈물이 쏟아지려고 해서 안 되겠다. 다시 시선을 들어 전광판 테두리에 둔다. 그래, 아무래도 이편이 좋겠다.

시간이 꽤 지났다. 네 명의 환자가 '수술 중'에서 '병실 이동'으로 상태가 바뀌었지만 제일 상단의 엄마는 계속 '수술 중'이다. 정아는 슬슬 조바심이 나기 시작한다. 옆에 앉은 언니도 잔뜩 긴장한 얼굴이다. 하지만 자매는 아무 말도 나눌 수가 없다. 왜 이렇게 늦어지지, 뭐가 잘못됐나, 따위를 입 밖으로 꺼내면 사실이 될 것만 같기 때문이다. 침묵으로 버티기 위해, 정아는 머릿속으로 모나미 펜을 세워 엄마의 목에 끼워 넣기를 반복한다. 이렇게 들어가려나? 아님, 이렇게? 정아의 상상 속에서 엄마 목에 박힌 모나미 펜의 수가 몇 박스인지 헤아릴 수도 없을 즈음, 드디어 엄마의 상태가 바뀐다. '병실 이동'이다. 언니는 핸드폰을 확인하느라 보지 못한 모양이다.

"언니야, 엄마."

"어?"

언니가 튕기듯 벌떡 일어선다. 정아도 따라서 수술실로 연결된 문을 열고 들어간다. 문 안은 좁은 복도다. 모여 선 사람들 쪽으로 다가가니 이동식 침대에 축 늘어진 엄마가 보인다. 수술복을 입은 신경외과 의사가 자매를 보고 말한다.

"수술은 잘 끝났습니다. 경과를 봅시다."

무슨 상황인지 채 파악하기도 전에, 의사는 다른 문으로 사라진다. 오랜 기다림으로 멍해진 자매와 달리 조무사들은 빠르다. 전용 엘리베이터로 엄마가 누운 침대를 밀어 넣으며 자매에게는 중앙 엘리베이터를 이용해 달라고 말한다. 얼떨떨한 표정으로 서 있던 자매는 눈앞에서 엄마가 사라지자, 정신을 차리고 중앙 엘리베이터를 향해 달린다.

자매가 병실로 들어가니, 조무사가 큰 소리로 외치고 있다. 처참할 정도로 늘어진 엄마는 반응이 없다.

"박선희 님! 박선희 님!"

조무사는 다시 외치면서 엄마의 손등을 찰싹찰싹 때린다. 놀란 정아가 막 화를 내려는데 언니가 묻는다.

"아직 못 깨신 거예요?"

"아니요, 의식은 깨서 나오셨는데 이러시네요."

조무사는 말하면서 계속 찰싹찰싹 엄마의 손등을 때린다. 언니가 말린다.

"저희가 할게요."

"정신을 차리셔야 하거든요."

"네, 알아요. 정아 엄마 손 주물러라."

"어."

언니는 시범을 보이듯 엄마의 다리를 주무르며 큰 소리로 외친다.

"엄마, 엄마, 일어나라!"

정아는 처음에는, 엄마라는 단어를 입 밖으로 꺼내지 못했다. 언니 혼자 외치는 게 미안해서 순전히 도와준다는 마음으로 목소리를 쥐어짜 냈다.

"일어나라, 일어나야 된다! 엄마!"

그렇게 엄마라는 단어를 내뱉고 나니 알 수 없는 감정에 휩싸여 몸이 떨린다. 이제 자매는 떨면서 엄마를 부르고 있다. 굳게 닫힌 엄마의 눈이 떠지지 않을 것만 같고, 잡고 흔드는 팔은 축축 늘어지기만 한다. 생생한 공포가 자매를 엄습한다. 절규에 가까운 자매의 외침이 병실에 울린다.

"엄마, 엄마아!"

마취 상태가 계속되면 코마에 빠질 수 있다. 산소가 머리로 가는 길을 잃어버리면 뇌사할 가능성도 있다. 공포와 두려움이 얼마나 길게 이어졌는지 시간의 감각이 없다. 옆에서 자리를 뜨지 못하고 지켜보던 조무사가 외친다.

"박선희 님! 박선희 님? 제 목소리 들리세요?"

자매는 소리 지르던 것을 멈추고 엄마를 본다. 언제부터 그
랬는지 엄마의 눈꺼풀이 열려 있다. 깜빡깜빡, 몇 번을 깜빡이
다가 천천히 입을 연다.

"……시끄럽다."

그 말에, 언니가 울기 시작한다. 엄마가 깨어났음에도 엄마
아, 엄마아, 계속 엄마를 부르며 운다. 정아도 따라 운다. 엄마
아, 엄마아. 눈물은 한번 터지자 멈출 줄을 모른다. 살아났다
는, 엄마가 깨어났다는 환희가 자매를 감싼다. 조무사는 통곡
으로 안도하는 자매를 남겨 두고 병실을 떠난다.

*

수술은 성공적이었다. 지지대 덕분에 신경이 제 위치를 잡
았고 엄마가 느끼는 통증도 완화되었다. 보호대를 착용하고
목을 숙이거나 돌릴 수 있게 되니 식사도 훨씬 수월해졌다.
바람대로 삶의 질이 높아진 것이다. 2~3주 간의 회복 기간
후에는 다시 앉을 수도 있게 되었다. 나아질 수 있다는 희망
은, 힘들었던 이전 일을 모두 잊게 해 주었다.

엄마는 곧바로 2차 항암을 시작하고 싶어 했다. 암을 무찌
르겠다는 의지가 아닌, 마비에 대한 두려움 때문이었다. 엄마

는 진찰을 받을 때마다 거듭 부탁했다.

"내버려 두면 또 어데가 고장 날지 모르니까요."

엄마의 두려움을 파악한 서인철 의사는 이렇게 답해 주었다.

"그럼요, 그 전에 막아야죠."

2차 항암의 첫 알약을 삼키는 날, 정아는 아침부터 두려웠다. 지난번의 그 낯선 미소가 떠올랐기 때문이다. 다행인지 불행인지, 이번 부작용은 미소가 아닌 무기력증이었다. 다음 날 밤부터 엄마는 걱정될 정도로 기력이 없어졌다. 검진하던 의사는 으레 있는 반응이라며 큰 문제는 아니라고 했지만 자매에겐 문제였다. 대부분의 시간을 잠으로 보냈고 깨어나서도 멍했다. 수술의 성공이 무색하게도 엄마는 전보다 더 움직이지 않았다. 걱정된 자매는 날마다 되는대로 이것저것 말을 걸었지만 엄마는 어, 아니, 짧게 답하다가 이내 귀찮은지 대답조차 하지 않았다. 산책을 원하지도 않았고 먹고 싶은 것도 없어져 버렸다.

엄마의 얼굴에는 청록색이 감돌고 팔뚝은 바늘 자국으로 온통 퍼렇다. 무엇보다 눈빛, 흐릿한 동공은 시력을 잃지 않았다는 게 놀라울 정도로 탁했다. 두꺼운 막으로 몇 겹이나 싸여 그 너머 엄마의 실제 눈과 마주하는 건 불가능해 보였다. 완벽한 환자의 모습을 한 엄마에게서 정아는 몇 번이나 시선을 돌려야 했다.

힘들었던 일주일이 지나고 이곳 을지병원의 입원 허가일이 끝났다. 지금까지는 수술 덕분에 장기 입원이 가능했지만 항암 치료만으로는 단기 입원밖에 허가가 나지 않는다. 언니가 계획해 둔 대로 이제 경희병원과 이곳을 메뚜기처럼 오가기로 한다. 이사하는 풍경도 지난번과 다르다. 간호사들과 조무사들에게 건강하세요, 라는 무거운 작별이 아니라 다음 주에 봬요, 라는 간단한 인사를 받으며 나왔다.

옮겨 간 경희병원은 도심에 위치한 을지병원과 달리 광안리 해변에 인접해 있어 경관이 좋다. 온통 베이지색인 내부 벽들은 비슷하지만 바다가 가깝다는 사실만으로 상쾌한 느낌을 준다. 엄마의 무기력증은 이곳에서도 계속되고 있지만 정아와 언니는 어느새 소극적인 보호자가 되어 버려서 다른 방법을 찾을 생각조차 하지 않는다.

아까운 시간을 잠으로 흘려보내며 엄마는 9월을 맞이했다. 병원이라는 곳은 현재만 살게 하는 힘이 있어서 날짜에 무덤덤해진다. 약을 챙기기 위해 시계를 확인하던 정아는 오늘이 벌써 9월 13일임을 확인하고는 놀라서 메일을 연다. 만화 페스티벌이 이번 주에 열리기 때문이다. 예상대로 쌓인 메일 중 고호민이 보낸 것이 있다. 메일 제목은 '만화 페스티벌 공지 사항'이다. 고호민과는 지난번에 병원에서 싸운 이후 화해를 못 한 상태라 메일을 열어 보는 것조차 불편하다. 긴장한 손가락으로 더블클릭을 했더니 만화 페스티벌 장소인 해운대 벡스코의 약도와 참여 작가, 전시 일정이 적혀 있다. 그리고 마지막에는 고호민의 메모가 붙어 있다.

김정아 작가님아, 이게 오냐오냐 했더니 기어오르지, 아주. 뺑끼 쓰지 말고 꼭 가라. 우리 쪽에선 홍보 담당자 내려가니까 만나서 밥 얻어먹고.

문장에서 고호민의 음성이 들리는 듯하다. 정아는 그 글을 몇 번이나 읽고 또 읽으며 조만간 전화해서 사과해야지, 하고 할 일을 간단하게 다음으로 미룬다.

메일을 확인하고 며칠이 지난 후에도 정아는 여전히 갈지 말지 고민이다. 싱숭생숭하던 차에, 어떻게 알고 언니가 먼저 아는 체를 해서 놀랐다. 병실 스케줄을 함께 짜던 중이었다.

"이날, 만화 페스티벌 있는 거 아니가?"

"어?"

"와. 아니가?"

"맞다."

"엄마도 가고 싶은 눈치더라."

"엄마?"

"내가 인터넷 사이트 보여 줬거든. 축제 같은 거드만."

"축제까지는 아니고."

"엄마 갈 수 있나?"

"가면 가는데, 뭐 진짜 볼 건 없는데."

이동하려면 구급차든 휠체어든 품이 드는데 그렇게 수선을 떨며 갈 필요가 없다. 그곳은 바이어와 작가들이 명함을 주고받는 중소기업 전시장 같은 곳이지, 정아의 개인 작품전도 시상식도 뭣도 아니다. 정아가 부담을 느낀다는 걸 알아챈 언니는 목적이 외출 자체임을 강조했다. 만화든 뭐든 엄마가 뭘 보겠냐고, 외출할 힘을 내는 게 중요하다고. 언니 말을 듣고 보니 만화 페스티벌이 불쏘시개 역할을 해 준다면 나쁘지 않을 것도 같다. 『제3의 눈』을 보러 가는 게 아니니까 말이다.

빠르게 합의를 본 자매가 담당의에게 문의했더니 이번에는 담당의가 말린다. 지금 상태로는 간단한 산책도 무리라고 한다. 그러면서 인사말을 덧붙인다.

"축하해요, 작가시구나."

"그런 거 아닌데."

정아가 작가라는 소문은 데스크의 간호사들 사이에 빠르게 퍼진다. 혈관 주사를 놔 주는 간호사가 엄마 듣기 좋으라고 정아를 칭찬한다.

"따님이 유명한 만화가시라고요? 좋으시겠다."

정아는 갑자기 자신이 유명한 만화가씩이나 된 것이 어리둥절하다. 더욱 놀라운 건 그 말에 내내 멍하던 엄마가 슬쩍 웃었다는 거다. 정아는 그 웃음을 놓치지 않으려고 힘을 낸다.

"일러스트레이터예요. 만화가랑 좀 달라요."

"아, 그래요? 멋있다."

간호사의 반응에 정아가 웃는다. 어느새 둘은 시선을 교환하며 엄마가 기뻐할 단어를 찾는 동지가 되어 있다.

"정아, 표 드리라."

"표? 입장표?"

"니 나오는 거 있을 거 아니가."

만화 페스티벌 측에서는 작가당 다섯 장씩 초대권을 제공한다. 그걸 엄마가 어떻게 알았는지는 모르겠지만 엄마가 원하는 게 생겼다는 것만으로도 기뻐서 정아는 호기를 부린다.

"제가 초대권 나오는 대로 드릴게요."

당연히 갈 생각이 없어 거절하려던 간호사는, 정아의 간절한 눈빛을 읽었는지 말을 받아 준다.

"그럼 부탁드려요. 정말 좋으시겠어요, 어머님."

만화 페스티벌의 위상은 이곳 경희병원 7층에서 제일 드높을 것이다. 적어도 데스크의 모두가 안다. 정아는 초대장 네 장을 넘기는 것으로 훌륭한 딸의 책임을 다했다. 간호사들은 오지 못할 것이고 올 필요도 없지만, 엄마를 위해 표를 주고받았다. 그리고 개막식 당일, 정아는 병실에 새로운 이야깃거리를 가지고 올 임무를 띠고 벡스코로 향했다.

*

요란한 입간판이 민망하게 주변은 한산하다. 입구에는 출판사의 판매 부스가 빼곡하고 중앙 홀이 메인 전시장이다. 그나마 붐비는 전시장으로 향하는 정아는, 엄마가 안 와서 다행이라며 편할 대로 생각해 버린다.

『제3의 눈』 설치대 앞에는 출판사 소개 책자가 나란히 놓여 있다. 홍보 담당자가 배치해 둔 모양이다. 작품 소개 밑에는 응원의 말이 적힌 포스트잇 몇 장과 초콜릿이 붙은 게 보인다. 졸업 전시처럼 관람객이 인장을 남기기도 하는구나 싶어서 구경하고 있는데 누군가가 부르는 소리가 들린다.

"김정아 씨?"

예전에 함께 벽화 작업을 했던 '이슬'이라는 작가다. 30대 주부인데 고양이 캐릭터로 업계에서 꽤나 유명하다.

"이슬 님, 안녕하세요."

"정아 씨 그림? 어머 잘됐다."

이슬은 함께 온 동료 작가들을 불러 정아를 소개한다.

"코엑스 벽화 할 때 옆방 맡았던 김정아 씨. 이게 정아 씨 작품이래."

정아는 이슬이 설명하는 자신이 심플하고 깔끔해서 마음에 든다. 덕분에 그런 사람이 된 것 같은 기분이다. 모여든 작가들은 잡지와 SNS에서 자주 봐서 낯은 익지만 실제로 만나기는 처음이다. 자신을 모르는 사람들과 이야기를 나누다 보니 정아는 점점 힘이 나고 활기가 돈다. 서서 이야기를 나누던 중, 이슬이 제안한다.

"우리 식사하러 갈 건데, 정아 씨도 가자."

"그럴까요."

별생각 없이 따라간 식사 자리는 어느새 술자리로 바뀌고, 작가들의 만담에 물이 오른다. 서로들은 이미 친해서 새 멤버인 정아가 겉돌 법도 한데 다들 유쾌하고 세심하게 배려해 주었으므로 정아는 즐겁게 맥주를 들이킨다. 사적인 질문도 없다. 아픈 엄마는 고사하고 남자 친구는 있는지, 어디에 사는지, 나이가 몇 살인지, 아무것도 묻지 않는다. 낯선 사람들과 대화를 주고받으며 본래 자신과 다른 매력적인 존재, 심플한 일러스트레이터를 연기하게 된 정아의 입가에 미소가 사라지지 않는다. 누군가가 산티아고 순례자 길을 걸었던 이야기를 시작했고 이슬이 덧붙인다.

"나 거기서 1년 살았잖아, 결혼 전에. 정아 씨도 가 봤어?"

"아니요. 아직이요."

"갈 생각 있어?"

"글쎄요."

"없네. 잘 생각했어. 내가 한국 올 돈이 없어서 1년간 일했었거든?"

"산티아고에서요?"

"어. 미쳤지, 내가."

산티아고라는 곳에서 어떻게 돈을 벌었는지 흥미진진한 스토리가 펼쳐진다. 작가들과 함께 정아도 흠뻑 빠져 듣고 있는데 핸드폰이 울리고, 언니 이름이 뜬다. 새로운 세계, 산티아고 이야기를 듣다 보니 병실에 있는 언니가 아득하게 느껴진다. 정아는 핸드폰 버튼을 꾸욱 눌러 무음으로 처리한다. 언니와 약속한 시각을 훌쩍 넘어, 벌써 9시지만 정아는 일어서고 싶지 않다. 여기에 조금 더 있고 싶다. 죽은 남자 친구도 없고 아픈 엄마도 없어 죄책감 없이 웃을 수 있는 곳. 괜한 배려로 눈치 보지 않아도 되는 곳. 이곳에서, 과거의 후회와 미래의 불안 없이 현재를 조금 더 즐기고 싶다.

한 남자 작가가 이슬의 이야기를 넘겨받아 도보 여행 때 경험했던 과민대장증후군 에피소드를 털어놓기 시작한다. 일행을 벗어나 바지를 내리던 긴박했던 순간을, 일어서서 연기하며 신이 났다. 주변과 함께 폭소를 터뜨린 정아는 얼마나 웃었던지 눈물까지 비친다.

병실 앞에 도착해 시간을 확인하니 10시 20분이다. 긴장하고 선 정아에게는 아직 술자리의 즐거움이 남아 있다. 깊은 날숨으로 모두 털어 내려 노력하며 병실 문을 연다. 먼저 시선이 닿은 곳은 침대. 역시나 엄마는 잠들어 있다. 고개를 돌려 간이침대 쪽을 보니 언니는 문소리를 들었음에도 읽던 책에서 눈을 떼지 않고 있다. 정아가 다가가자 탁, 책을 덮고 이미 싸 놓은 가방을 들며 일어선다.

"나온나."

고요한 복도는 어둡다. 언니는 목소리를 낮추며 정아에게 쏘아붙인다.

"이래 할래?"

"미안."

"니 술 마셨나?"

"맥주 쪼금."

"더 마시지, 뭐 하러 왔노."

"미안."

"니는 진짜 끝까지 이라노."

정아는 할 말이 솟구치지만 연락 없이 늦은 오늘의 죄에 발목이 잡혀 고개를 푹 숙이고만 있다. 한참을 씩씩거리던 언니는 마지막 마침표를 찍을 문장을 드디어 찾아낸 모양이다.

"엄마 돌아가시면, 니 안 보고 살 거다."

정아는 고개를 쳐들고 언니를 빤히 본다. 가장 날카로운 창으로 동생 가슴을 찔렀으면서도 아직 할 말이 많은 눈이다. 정아는 그런 언니의 눈을 똑바로 보며 답한다.

"어, 나도."

15

2차 항암이 끝났다. 머리카락과 체중은 그대로지만 무기력증은 두려울 정도로 계속되고 있다. 만화 페스티벌에서 대상을 받으면 엄마가 한 번은 더 웃어 주지 않을까 남몰래 기대했지만 엄마가 아프다고 해서 그저 그런 그림이 갑자기 좋아질 수는 없는 것이다. 아무 연락도 없이 페스티벌은 끝이 났고 가을이 되었다.

두 번째 이사, 그러니까 다시 을지병원에 입원하며 수속을 밟던 정아는 알림판에 붙은 정보지를 보고 추석이 얼마 남지 않았음을 알게 되었다. 어느덧 기적은 반년째 이어지고 있었다. 엄마와 정아는 봉고형 택시로 먼저 도착했고 짐을 실은 언니의 차가 뒤따랐다. 원무과에서 병실로 들어가니 그새 도착한 언니가 낑낑거리며 짐을 옮기고 있다. 냉랭한 기운은 여전하지만 할 일은 해야 한다. 함께 박스들을 나르는데 병실 앞에 이모가 쭈뼛거리며 서 있는 게 보인다. 언니가 먼저 알아보고 부른다.

"이모야, 언제 왔노?"

"병원 옮겼다 해서."

"전화를 하지. 그러면 경희병원 갔다 온 거가?"

놀라서 물어보는 언니의 시선을 피하며 이모는 병실을 가리킨다.

"언니는?"

이모는 여느 사람들과 달리 호칭의 주어를 상대에게 내어 주지 않는다. 외할머니는 이모의 엄마이고 엄마는 이모의 언니다. 조카들에게 자신을 이모라고 칭한 적도 없다.

"잔다. 들어가자."

이모는 언니의 짐을 들어 주려다가 헛손질을 할 것 같아 겸연쩍어한다. 정아는 그런 이모를 훔쳐보며 어떻게 저 나이가 되도록 매사가 어색할까 싶다. 평소 엄마는 이모의 이름을 답답함의 기준으로 사용하곤 했다. '순덕이 같은', '순덕이보다' 등은 세 모녀에게만 통용되는 관용구다. 칠성 할머니를 데리고 왔던 게 영 걸리는지 오늘따라 어색함이 도드라져 보인다.

대충 정리를 마치자, 이모는 조금 부끄러워하는 얼굴로 가

방에서 보온병을 조심히 들어 올리며 사골이라고 했다.

"사흘간 계속 고아서……."

라며 말끝을 흐렸다. 언니가 잘 먹을게, 했더니 부탁하듯 말한다.

"버리지 말고 꼭 언니 먹여라."

"어, 고맙다."

"언니 안 먹으면 너거 먹고."

이모의 마음이 귀여워서 정아는 속으로 피식 웃는다.

잠든 엄마를 한 시간가량 보았음에도 이모는 돌아갈 생각이 없어 보였다. 점심시간이 되었지만 엄마는 내일 검사 때문에 금식이었으므로 깨우지 않는 편이 낫겠다 판단했다. 공용식당으로 갔는데 어수선하고 시끄러운 통에 세 여자는 도시락을 사기로 했다. 만두 도시락을 사서 공원으로 나가니 다행히 초가을이라 선선하니 온도가 알맞았다. 뭐가 그렇게 민망한지 이모는 조카들의 눈을 보지도 못한 채 계속 어렵게 대하다가 식사가 거의 끝날 때쯤에야 입을 연다.

"엄마한테 알리는 게 좋겠다."

외할머니를 말하는 거다. 언니가 무거운 표정으로 답한다.

"엄마가 아직 허락을 안 해서."

"경주에서는 보고 싶다고 했다며."

그랬었다. 엄마는 엄마의 엄마를 보고 싶어 했고, 그걸 알린 건 정아였으므로 똑똑히 기억하고 있다. 이모가 힘주어 말한다.

"오빠 때도 엄마가 못 봤는데, 언니도 못 보고 갈까 봐."

뭐라고? 정아는 고개를 든다. 이모는 지금 우리 엄마를 걱정하는 게 아니라 자신의 엄마를 걱정하고 있다. 자신의 엄마를 위해 우리 엄마를 이용하려고 한다. 언니도 비슷하게 느낀 모양이다.

"그건 좀 아닌 거 같은데?"

"뭐가?"

"외할머니 위해서 만나는 건 아닌 거 같다고."

의견을 거부당한 이모는 생각에 잠긴 듯 말이 없다.

"일어날까?"

언니가 불편한 기색을 드러내며 일어서자 이모는 다급한 얼굴이 된다.

"내 어릴 때 칠성양장점 갔었다. 언니 보러."

자기가 듣기에도 목소리가 컸던지 이모는 자체적으로 볼륨을 줄이며 설명을 붙인다.

어린 순덕이는 어린 선희를 보러 대구로 갔다. 명절에 왔던 엄마의 모습이 영 걸렸는지 외할머니가 이모를 스파이로 보낸 것이다. 우째 사는지 두 눈으로 꼭 보고 오라며 막중한 임무를 내렸다. 이모는 스파이답게 양장점을 급습했는데 마침

장날 대목이라 바쁜 엄마와는 인사만 하고 뻘쭘하게 대기 의자에서 기다려야 했다. 심심하기도 하고 궁금하기도 해서 양장점 주변을 몰래 둘러봤다. 마당 뒤, 칠성 할머니 양옥집이 그림에서 튀어나온 것처럼 예뻐서 한참을 구경해도 지겹지가 않았다. 대구에 온 본분을 잊은 이모는, 같은 자매인데 엄마는 저런 집에 살고 자기는 창녕 시골집에 사는 게 억울하고 분했다. 그렇게 씩씩거리다 보니 오줌이 마려웠다. 변소가 실내에 있을 가능성은 상상할 수 없었던 이모는, 시골집 변소 문과 제일 비슷해 보이는 문을 열었다. 변소만큼 지저분했지만 바닥에 구멍이 없었다. 변소는 아니었다. 급해진 이모가 문을 막 닫고 나가려는데, 눈에 뭐가 걸렸다. 외할머니가 엄마에게 짜 준 조끼였다. 이모도 똑같은 게 있어서 한눈에 알아봤다. 그러니까 거기가 엄마 방이었던 거다. 엄마 옷가지와 이불까지 확인한 이모는 그만 서서 오줌을 싸 버렸고 엄마에게 말도 못 한 채 터미널로 도망쳤다.

"그래 더러운 데서 우째 살았나 몰라."

이모가 건조하게 말하자 언니가 쏘아붙인다.

"그래서? 외할머니한테는 뭐라 했는데?"

이모는 언니의 기에 눌려 눈을 내리깐다.

"내는 거짓말 잘 못 한다."

"그라면 사실대로 말한 거가?"

이모는 답은 않고 도시락 포장지를 뜯고 있다. 이미 포장지는 너덜너덜하다. 잠시 후, 이모가 입을 연다.

"울었다."

지저분한 포장지 끝을 집요하게 만지며,

"엄마가 계속 묻는데 거짓말은 몬 하겠고, 언니도 불쌍하고, 그래서 울었다."

하고는 부욱 포장지 솔기를 뜯어 버린다.

병실에 돌아온 세 여자는 엄마가 깨어나기를 기다리며 각자의 일을 했다. 칠성양장점 이야기 이후로는 대화가 없었지만 외할머니와 엄마의 만남에 대한 입장은 하나로 모아져 있었다. 이상한 긴장감이 감도는 중에 언니와 이모는 각자의 책을 읽고 정아는 핸드폰을 들여다봤다. 길고 긴 십여 분이 지나고, 혈압을 체크하기 위해 간호사가 들어왔다. 병실의 어색한 기운에 간호사도 민망한 얼굴이다.

"혈압 좀 잴게요."

간호사가 엄마의 팔을 들자 스르르 눈꺼풀이 열린다. 긴 잠에 들었다가 이제 막, 이곳에 도착한 눈빛이다. 간호사가 나간 후 엄마가 이모를 보고 입을 연다.

"일은 우짜고 계속 이래 오노."

"알아서 한다."

짧게 답한 이모는 마른침을 몇 번 삼킨 후에 본론을 꺼낼 궁리를 한다. 병실 안의 모두가 이모의 꿍꿍이를 알아챌 수 있다. 이모를 누구보다 잘 아는 엄마가 운을 뗀다.

"와."

"어?"

"할 말 있구만. 뭔데?"

숨기기는 글렀다는 걸 뒤늦게 알아챈 이모가 순순히 입을 연다.

"엄마 말인데……."

엄마는 생각지 못한 단어에 놀라서 되묻는다.

"엄마가 왜?"

"알리야 되지 않겠나?"

용기를 내어 말하는 이모를 엄마가 빤히 본다. 눈을 덮고 있던 두꺼운 막이 일순 걷히고 안광이 반짝인다. 정아와 함께 구경꾼으로 물러났던 언니가 뭔가를 말하려고 입을 열었다가 다시 닫는다. 그건 정아만 본 듯하다. 이모는 죄지은 듯 시선을 떨구고 있고 엄마의 눈빛은 점점 맹렬해진다. 그 모습을 바라보는 정아의 눈이 다 아릴 정도다. 정아와 언니 사이처럼, 이모와 엄마 사이에도 고유의 방식이 있다. 눈빛과 기세로 이루어진 이 대화는 놀라울 정도로 오래 지속되었다. 한참 후, 왠지 이모에게 져 버린 엄마가 쏘아보던 것을 그만두고 눈을 감으며 말했다.

"그라든가."

허락이 떨어졌다. 이모도, 언니도, 정아도 들었다. 다음 주 추석에 이모가 외할머니를 모셔 오기로 하고 이모는 돌아갔다. 그 후로 엄마는 별말이 없지만 정아는 궁금하다. 외할머니와의 만남을 원했지만 동시에 피하려던 엄마에게 이모가 어떤 명분 같은 걸 만들어 주었다. 어떻게 그렇게 된 걸까? 현장에 있었음에도 중요한 걸 놓친 기분이다.

*

추석날 아침, 조무사들의 교대와 함께 '즐거운 한가위 되세요'라는 문구가 쓰인 플래카드가 복도에 걸렸다. 병원 생활을 하다가 알게 된 것인데 저런 꾸밈은 환자들을 위한 것이 아니다. 이곳의 규칙성은 너나없이 모두의 날짜 감각을 무디게 한다. 관리자들은 이렇게라도 뭉텅이로 흘러 버리는 시간에 흔적을 남기려고 노력 중이다. 힘내요, 정아는 저도 모르는 누군가를 응원하며 오물실에서 배설통을 비운다.

외할머니의 방문에 대해 누구도 언급하지는 않고 있지만 일찍 온 언니도, 일찍 깬 엄마도, 모두 긴장 상태다. 터미널에 도착했다고 이모가 전화한 터라 병실은 더욱 팽팽하다. 티브이에서는 외국인 노래자랑을 하고 있다. 보는 사람은 없지만 채널을 돌릴 생각도 하지 않는다. 러시아 며느리가 구슬프게 트로트를 부르고 있을 때 드르륵, 병실 문이 열린다. 언니는 벌떡 일어서며 거의 자동으로 티브이를 끈다. 외할머니는 엄마가 사 드렸던 지팡이를 짚고 이모의 부축을 받으며 들어온다. 창녕 댁에서 볼 때보다 더 작아진 모습이다. 그토록 기다리고 있었건만 정아의 머릿속은 하얗다. 멀뚱히 외할머니를 바라보고만 있는데, 언니가 엄마 옆으로 다가가 보조한다.

"침대 올려 줄까?"

"어."

굳은 얼굴로 답하는 엄마는 황급히 시선을 이리저리로 옮기다가, 외할머니를 본다. 외할머니는 이모가 밀어 주는 의자를 지나쳐 엄마가 누운 침대 끝에 걸터앉고는 휘유, 깊은숨을 내쉰다. 외할머니의 한숨은 말이 닿을 수 없는 곳까지 스며들어 병실의 분위기를 바꾸고 있다. 정아 옆에 선 언니의 손에서는 뚝뚝 땀이 흐르고 있다. 이모는 외할머니께 거절당했던 의자를 든 채, 우왕좌왕 몇 걸음을 옮기다가 다시 입구에 서 있다. 외할머니와 엄마와 이모와 언니와 정아. 다섯 여자는 침묵한다. 병실에는 외할머니의 거친 숨소리만이 울려 퍼지고 있다. 정아가 슬쩍 고개를 들어 살피니 모두의 시선이 어긋나 있는 것이 이채롭다. 인사를 건넬 타이밍을 놓친 엄마는 외할머니에게서 눈길을 돌려 창가를 보고 있다. 이모의 눈은 바닥을 향했고 외할머니의 눈은 허공에 닿아 있다. 언니는 흥건한 자기 손바닥을 내려다보는 중이다. 어지러운 숨을 가라앉힌 외할머니가 입을 연다.

"마이 안 좋다고?"

"그렇지, 뭐."

답하는 엄마는 바로 앞에 앉은 자신의 엄마를 애써 외면한다. 얼마나 열심히 시선을 피하는지, 수술 이후 목을 가장 많이 돌리고 있다.

"우짤 끼고, 마카 이래된 거를."

슬픔을 날려 버리려는 의지가 엿보이는 그 말에, 엄마는 마음이 상한 눈치다. 흘깃 외할머니를 돌아보는 엄마의 눈에 원망이 서린다. 외할머니는 체념의 말 이후로 입을 닫았다. 이후에는 견디기 힘들 정도의 침묵이 다시 이어진다. 얼음땡 놀이를 하는데 아무도 술래가 아니라서 땡을 해 줄 수가 없다. 연신 손을 닦아 내던 언니가 용기를 낸다. 몸을 움직여 냉장고에서 음료수를 꺼내 외할머니에게 건네자, 외할머니가 깜빡 잊었다는 듯 언니와 정아를 번갈아 본다.

"그래, 느그는 잘 지내나."

"예."

"예."

언니 뒤를 이어 정아도 작게 답한다. 외할머니는 손녀들에게서 시선을 거둬 엄마를 다시 보고는 조금 누그러진 투로 묻는다.

"마이 아프고 글나?"

그 다정함에 언니의 얼굴이 일그러진다. 울음이 터지기 직전이다. 연이어 이모도 크게 숨을 몰아쉰다. 모처럼 마주한 모녀에게 방해가 될까 봐 언니와 이모는 도망치듯 병실 밖으로 뛰어나간다. 이제 엄마와 외할머니, 정아가 남았다. 조금 늦게 자리를 피해 줄 타이밍임을 깨달은 정아도 병실을 나온다.

언니와 이모는 복도 저 끝까지 도망가 있다. 그쪽으로 다가가니 언니는 손에 봉투를 쥔 채 이모와 머리를 모으고 있다. 다가온 정아에게 언니가 터질 듯 벌건 눈으로 알려 준다.

"이거, 할머니가 준 돈이란다."

"돈?"

역시 벌건 눈의 이모가 설명해 준다.

"역에서 내한테 돈 빌리 달라고, 100만 원."

전해 듣는 정아의 눈에도 이모와 언니처럼 벌겋게 핏발이 오르고 있다. 죽어 가는 딸을 만나러 오며 다른 딸에게 돈을 빌려 달라는 외할머니는 대체 어떤 사람인가. 다급한 마음에 가장 소중한 것을 주고 싶었을 것이다. 그 소중한 게 돈이라니. 이 모녀 사이의 마음이 한없이 아득하여 정아는 언어가 되지 못하는 소리만 낮게 흘려보내고 있다. 정아까지 합세해서 세 여자가 작전 회의 중인 선수들처럼 머리를 모으고 끅끅거리는데, 벌컥 문이 열리며 외할머니가 나온다.

"순덕이, 가자."

"벌써?"

"가지, 그라믄."

불편하고 어색한 얼굴의 주름들을 빠르게 제자리로 옮기며 외할머니는 손녀들을 돌아본다.

"느그가 고생이다."

아니라며 세차게 고개를 흔드는 언니는 뭔가를 말하려고 입을 열지만, 목소리 대신 헉, 윽, 뜩, 하는 이상한 소리만 샌다. 정아도 다급하다. 샘솟는 눈물과 콧물을 막느라 외할머니를 잡을 여유가 없다. 가지 말라고, 조금만 더 우리 엄마랑 있어 달라고 애원하고 싶다. 그래도 가려고 하면 폭로해 버릴 거다. 당신 동생 밑에서 꽃 같던 우리 엄마가 얼마나 고생했는지를 낱낱이 고할 거다. 그러니 손 한 번만 잡아 달라고, 어린 나이에 서러웠을 우리 엄마 좀 다독여 달라고 외칠 거다. 그런 줄 모르셨다면, 몰라서 아무것도 못 해 주신 거라면 이제라도 늦지 않았다고, 아직은 괜찮다고. 엄마의 숨이 붙어 있으니 뭐라도 듣고 말해 주세요. 머리카락을 쓰다듬고 손을 만져 주세요, 제발요. 정아는 이중에 뭐라도 내뱉고 싶은데, 언니처럼 꺽꺽거리며 무의미해 보이는 손짓만 반복하고 있다. 그 손을 잡아 준 건 외할머니가 아닌 이모다. 발까지 동동 구르며 이모도 다급한 중이다. 세 여자를 둘러보던 외할머니는 휘유, 하고 긴 날숨을 내뱉고는 천천히 말한다.

"내 먼저 입구에 있을 끼네, 난제 오니라."

하고는 몸을 돌려 버린다. 탁, 지팡이가 조금 먼 바닥을 찍고 뒤이어 끌어당기듯 왼발이 착지한다. 직, 오른발이 뒤따른다. 다시 지팡이가 탁. 외할머니는 불편하고 끈질기게 우리 엄마에게서, 당신이 끊어 낸 탯줄로부터 멀어지고 있다.

엄마는 고집스러울 정도로 덤덤했다. 끝내 눈물을 보이지 않았는데 정아는 그게 그렇게나 답답했다. 쏟아 내지 못한 눈물이 암 덩어리가 되어 엄마를 공격할 것만 같았기 때문이다. 그래서인지 그날 새벽에 이상한 꿈을 꾸었다.

꿈속에서도 눈이 퉁퉁 부어 모든 게 뿌얬다. 느낌뿐인 묘한 꿈이었다. 정아가 누운 간이침대의 담요가 축축했다. 뭔가 싶어 벽을 짚고 일어서려는데 벽도 축축했다. 내디딘 바닥도, 소파도, 테이블도, 링거대도, 물통도, 티브이도, 엄마 침대도, 모든 것이. 병실의 사물들이 엄마를 대신해 울고 있었다. 그리고 그게 정아는 하나도 이상하지 않았다. 당연히 그래야 한다고, 꿈속에서 생각했다.

16

외할머니의 방문에 대해서는 그날 이후 누구도 말을 꺼내지 않았다. 그랬더니 놀랍게도 너무 쉽게 과거가 되어 버렸다. 분명 명절은 명절이었는데, 추석이 아니고 설이었나 싶을 정도다.

엄마가 세 번째 세트의 첫 알약을 넘기고 나니 창밖으로 단풍이 물들었다. 엄마는 높다는 가을 하늘 한번 올려다보지 못한 채 링거를 갈고 식사를 하고 주사를 맞았다. 다행히 입맛이 돌아와서 그날그날 먹고 싶은 걸 묻고 차리는 게 언니와 정아의 가장 큰 기쁨이었다. 컨디션이 좋은 날은 휠체어로 복도를 한 바퀴 돌기도 했는데 정아는 나갈 채비를 하는 게 손이 떨릴 정도로 좋았다. 주의 깊게 안색을 살핀 후 틈을 봐서 질문해야 한다.

"한 바퀴 돌고 올까?"

저녁 식사를 마치고 물었더니 엄마가 긍정의 고갯짓을 한다. 혹시나 마음을 바꿀까 싶어 정아는 다급하게 휠체어를 펼치고 링거대를 건다. 부산한 손놀림이 거슬렸던지 엄마가 정신없다며 한마디 하지만 한껏 부푼 정아의 귀에는 들리지 않는다.

오늘 하루만 해도 오물실로, 식판을 반납하러, 몇 번이나 들락거린 복도지만 엄마와 함께라면 얘기가 다르다. 정아는 엄마와 마지막으로 보았던 이미지를 불러와서 현재와 나란히 놓고는 틀린 그림을 찾기 시작한다. 병실 앞 이름표가 먼저다. 504호는 6인실인데 두 명이나 새로 왔다. 507호는 2인실인데 한 자리가 비었다. 혼자 있는 할머니는 좋겠네, 종알종알 주석을 붙이며 복도 끝 병실까지 체크한 후에는 간호사 데스크 옆 안내판을 들여다본다. 10월 25일에 무슨 트로트 가수가 로비에서 공연을 한단다. 그런가 보다 하고 휠체어를 다시 미는데 엄마가 막는다.

"잠깐, 있어 봐라."

처음에는 좋아하는 가수인가 싶었다. 함께 들여다보고 있으니 엄마가 묻는다.

"오늘 며칠이고?"

정아는 핸드폰 날짜를 확인하며 답해 준다.

"10월 17일이네. 공연 아직 남았다."

"벌써로?"

하고는 하이고야, 한숨을 붙였는데 그제야 정아는 엄마의 관심은 공연이 아님을 깨닫는다. 자신도 아차 싶다. 10월 9일, 한글날이라 까먹기가 더 힘들다는 아빠의 기일을 그냥 지나가 버렸다. 엄마가 망각한 스스로에게 놀라는 동안 정아는 휠체어 손잡이를 꼭 잡은 채 기다려 준다. 허공에 시선을 둔 엄마가 영 돌아올 기미가 없어서 정아가 조심스레 말을 건다.

"산소라도 갔다 오까? 언니랑?"

정확한 위치를 언니는 알고 있을 것이다.

"뭐 하러 가."

그러게, 가면 뭐 하나, 정아가 자신에게 되묻는 동안 엄마가 강조하듯 말한다.

"가지 마라. 아무것도 없다."

밤이 되어서도 엄마는 싱숭생숭한가 보다. 화장실을 간다며 두 번이나 깼다가 잠이 오지 않는지 티브이를 틀었다. 깜빡 잠들었던 정아도 깬다. 새벽 2시가 넘었다.

"뭐 필요하나?"

"아이다, 니는 자라."

엄마는 볼 만한 프로가 없는지 채널을 이리저리 돌리다가 자연 다큐에서 멈춘다. 잠이 달아난 정아도 멍하니 함께 티브이를 본다. 폭포수가 절경이다. 새벽 기운을 받아, 정아는 용기를 내 본다.

"엄마, 저런 데 가고 싶나?"

"이래 보면 되지."

그렇구나, 꽃은 가서 봐야 하면서 경치는 티브이로 봐도 되는 거구나, 생각하다가 다시 묻는다.

"엄마는 뭐 하고 싶은 거는 없었나? 취미로라도."

엄마가 즐거움을 위해 시간을 쓰는 걸 본 적이 없다. 정아에게 엄마는 일하거나 쉬거나 둘밖에 없는 사람이었다. 잠시 뜸을 들이던 엄마가 의외의 답을 했다.

"느그 다 크고 여유 생기면 노인들 돕는 거 하고 싶었다."

"노인을 돕는다고?"

정아는 바보처럼 따라 물었다.

"어, 병원이나 요양원 같은 데서."

"호스피스 말하는 거가?"

"어, 그거."

정아는 취미를 물었는데 엄마는 꿈을 답해 주었다. 엄마에게 꿈이 있다는 게, 아빠의 기일을 까먹은 것보다 놀랍다. 엄마는 꿈이 있고 구체적인 목표도 있다. 정아는 몰랐다. 자신의 꿈을 강조하고 요구하느라 엄마의 것은 궁금해하지 않았다. 정아는 폭포수에 깎여진 거대한 바위를 바라보며 바삐 머릿속을 뒤진다. 지금 당장, 뭔가를 하나라도 더 물어봐야 할 것 같다. 호스피스를 왜 하고 싶은 건지, 언제부터 그런 결심을 한 건지, 뭐라도 묻고 엄마를 배우자. 그래, 그러자. 정아가 질문을 내뱉으려고 침을 꼴깍 삼키는데, 목덜미 쪽에서 목소리가 퉁겨 오른다. 엄마의 기분은? 이루지 못할 꿈을 말하는 엄마의 마음은? 정아는 입술을 벌린 채로 아무 말도 하지 못한다.

엄마의 희생은 당연한 것이었다. 너무 당연해서 희생이라고 생각하지도 못할 정도였다. 엄마의 꿈을 듣고서야 엄마가 자신에게 해 준 모든 것이 희생이었음을 깨닫는다. 정아는 언제나 엄마에게 요구하기만 했다. 태어날 때부터 엄마는 엄마였으니까. 엄마는 키워 주고 먹여 주고 들어주고 챙겨 주는 사람이니까. 이토록 일방적이기만 한 관계였다는 사실이 정아를 찌른다. 하지만 과거의 상처가 굳은살을 만들어 놓아서 새롭게 찌르는 부위가 그렇게 아프지는 않다. 저릿, 하고 아찔한 감각이 혈관을 타고 흐를 뿐이다. 이제야 깨닫게 된 관계의 불균형을 바로잡을 생각도 하지 않는다. 급작스럽게 뭔가를 해야겠다는 결심을 하지도 않는다. 그렇게 몇 번씩이나 무디게 전율하다 보니, 겨울이 왔다.

3차 항암이 끝난 후, 엄마는 산소 호흡기를 달게 되었다. 날이 추워지면서 기침이 많아지고 가래를 뱉곤 했는데 감기 같던 그 증상들이 실은 폐가 제 기능을 못 해서임을 알게 되자, 언니와 정아는 빠르게 어두워졌다. 복막 전이로 폐에 물이 차기 시작해서 굵은 호스를 흉부에 연결했다. 거기다가 수액, 진통제 등등의 줄까지 더해져서 자세 한번을 바꿀 때마다 호스들이 엉키지 않도록 정돈해야 했다. 엄마 몸에서 거미줄처럼 뿜어져 나오는 호스들의 수는 점점 늘어만 갔다.

며칠 사이, 주입되는 약물 때문에 엄마의 얼굴이 많이 부었다. 보톡스 맞은 것 같다며 농을 걸면서도 마음은 무겁다. 이제 엄마는 맹렬하게 대중문화로 빠져들고 있다. 대부분 눈을 감거나 잠든 채였지만 눈을 뜨고 있을 때는 강박적이라고 할 정도로 티브이만 본다. 영상이 전달하는 내용과는 무관하게 보는 행위에 집중한다. 티브이 속에서 와하하 웃음이 터져도 엄마는 그들과 함께 웃지 않는다. 다른 생각을 하나, 해서 채널을 돌리려 하면 낮고 작은 지시가 떨어진다.

"보는 기다."

"아, 미안."

다시 와하하 사람들이 웃는다. 그 모습을 보는 엄마의 눈은, 화면 너머의 어딘가에 닿아 정아가 볼 수 없는 무언가를 보고 있는 것만 같다. 내면 세계에 골몰한 것도 아니고 무기력한 것도 아니다. 2차 항암 때와 달리 엄마의 눈빛은 살아 있다. 그때처럼 흐리멍덩하지 않다. 설명할 수 없는 의지가 느껴지는 그 눈은 예전의 강인한 엄마가 맞다. 하지만 정아는 티브이에 꽂힌 엄마의 눈이 어떤 의지를 품고 있는지 해석해 내지 못한다. 지난번의 대화가 그리워서 기회를 노리며 몇 번이나 질문을 던져 보았지만, 엄마는 더 이상 아무것도 알려 주지 않았다.

언니와는 여전히 냉랭하지만 엄마의 상황 때문에 긴 휴전 상태다. 이모는 일을 하기는 하는 건지 주말마다 와서는 하루를 자고 가곤 한다. 정아는 이 주에 한 번꼴로 서울에 가는데 이번에는 오랜만에 출판사에 일을 받으러 갔다. 고호민에게는 사과를 미루고 있어서 미팅 때 눈을 제대로 못 보고 있었더니 결국 고호민이 정아의 등을 찰싹 때리며 한마디 한다.

"이놈의 기집애, 미안합니다 소린 죽어도 못하지, 응?"

미안하기는 한데, 맞은 등은 아프고, 뭘 말하려니 민망하기도 해서 정아는 피식 웃어 버린다. 그걸 본 고호민은 더욱 엄한 얼굴로 등을 한 대 더 친다.

"웃어? 웃음이 나와!"

그러고도 한참을 쏘아붙이는 통에 정아는 도망치듯 출판사를 나왔지만 기분이 나쁘지 않았다. 『제3의 눈』 덕분에 작가로 등록되어 작업료도 올랐다. 부산역에 도착할 때까지만 해도 엄마에게 이 소식을 전해서 한 번이라도 웃게 해 줘야지, 하고 결의가 단단했다. 하지만 로비에 들어서서 소독약 냄새를 들이켜고 나니 힘이 쏙 빠져서 걸음을 옮기는 다리가 흐느적거린다. 병실 앞 복도에는 하루 만에 트리가 반짝이고 있지만 그 변화도 눈치채지 못한다. 작가 김정아가 무기력한 간병인이 되는 데에는 채 5분이 걸리지 않는다.

저녁을 먹고 언니는 집으로 갔다. 엄마가 기침할 때 목을 가누어 가래를 뱉어 내게 해 주거나, 발로 찬 이불을 덮어 주는 것 정도의 소일 말고는 딱히 할 일이 없다. 정아는 받아 온 자료를 확인하지도 않고 책과 티브이로 시선을 오가며 시간을 죽이고 있다. 잠들었던 엄마가 소변이 마렵다며 깼다. 부축하고 화장실로 가는데 세면대 아래에 쌓인 그릇들을 보고 엄마가 한마디 한다.

"이거를 와 이래 됐노."

"어, 이따 씻을게."

"냄새 나구로, 이거를 이래 두고."

짜증 섞인 엄마의 말투에 정아도 감정이 상한다. 원래 잔소리가 거의 없던 엄마다. 생각해 보니 저녁 식사 때도 조림을 제대로 못 했다며 투정을 했다. 오늘따라 왜 이러나 싶어 정아도 툴툴댄다.

"알아서 할게."

엄마는 볼일을 본 후에 침대로 가서 다시 눕는다. 불편한 기운이 병실에 감돌지만 정아는 바꿀 의지도 생각도 없이 티브이에 시선을 던진다.

몇 시간 후, 흥미 있는 프로가 끝나자 티브이를 끈 정아는 그제야 자료를 꺼내 훑어본다. 티브이 소음이 물러간 공간을 가습기가 뿜어내는 낮은 진동음과 산소호흡기의 지글거림이 묘한 화음으로 채우고 있다. 시계를 보니 11시다. 받아 온 자료는 어린이 절약 캠페인 사진과 문서들이다. 환하게 웃는 아이들의 사진을 슥슥 넘기는데 간호사가 들어온다. 정아는 일어나기는 귀찮지만 그래도 예의는 갖춰야겠기에 슬리퍼를 끌며 시늉을 한다. 엄마는 잠들었는지 쌔근쌔근 숨소리가 규칙적이다. 혈압을 재던 간호사가 평소와 다른 톤으로 묻는다.

"언제부터 이러셨어요?"

엄마의 잠을 방해할까 싶어 정아가 다가가 작게 답한다.

"뭐가요?"

질문의 의도를 파악하지 못해 어리둥절한 정아에게 간호사가 설명해 준다.

"혈압이 떨어지셔서요."

혈압계의 숫자가 40인 것을 확인시켜 주고는 간호사가 달려 나간다. 남겨진 정아는 여전히 무슨 상황인지 이해가 안 돼서 어정쩡하게 서 있다.

잠시 후, 간호사가 레지던트와 함께 후다닥 들어온다. 정아가 묻는다.

"무슨, 왜 그러세요?"

"확인 좀 하겠습니다."

레지던트는 빠르게 혈압과 맥박, 산소 포화도 등등의 검사를 한다. 엄마 손목의 피를 뽑으며 허둥거리는 폼이 위급해서인지 서툴러서인지 판단하기 어렵다. 드르륵, 병실 문이 열리더니 조무사들이 심전도 기기를 밀고 들어온다. 레지던트는 엄마의 앞섶을 아무렇게나 열어 패치들을 붙인다. 옆에서 간호사는 수액 라인에다가 뭔가를 자꾸 주입하고 있다. 심전도 기기의 모니터를 보던 레지던트는 두 손을 겹쳐 엄마의 가슴을 힘껏 누른다. 엄마의 뼈들은 저 충격을 견디지 못할 것이다. 정아는 레지던트를 말리고 싶다. 그렇게 생각만 하며 멍하니 선 정아를 레지던트가 복도로 부른다.

"보호자 되시죠?"

"네, 그런데요."

"다른 가족분 계세요?"

"언니요."

"지금 부르는 게 좋겠네요."

"왜요?"

"상황이 안 좋습니다."

"그게, 무슨, 왜요?"

"일단 심정지는 막았지만, 폐 기능 저하로 호흡곤란이 올 겁니다."

정아는 레지던트의 말을 알아들을 수가 없다. 엄마의 폐는 건강검진을 받던 날 기능이 저하되었다는 판명이 났는데 이제 와서 또 무슨 소린가 싶다. 아까까지만 해도 분명 잔소리를 하고 화장실도 갔던 엄마다. 이런 생각으로 어지러운 중에 레지던트가 다시 말한다.

"가족을 부르는 게 좋겠네요."

지금 시간이면 언니는 잘 준비를 하고 있을 텐데, 방해하느니 내일 일찍 부르는 게 좋을 것 같다. 한마디로 소란을 떨고 싶지 않다.

"내일 올 텐데요."

"지금 부르는 게 좋겠습니다."

어린 레지던트는 곤란한 얼굴로 같은 문장을 반복한다. 정아는 목에서 뒤통수로 이어지는 부위에 강한 압박을 느끼며 레지던트를 쏘아본다. 그냥 보고 싶지만 눈에 자연스럽게 힘이 들어가서 어쩔 수가 없다. 레지던트가 돌아가고 언니에게 전화를 건 정아는 뭘 어떻게 설명해야 할지 몰라 말을 하지 못한다. 레지던트에게 들은 심정지도, 호흡곤란도, 그 뜻을 이해하지 못했기에 입 밖으로 나오지 않는다. 평소와 다른 시간에 전화를 받은 언니가 먼저 상황을 감지하고 묻는다.

"정아야, 왜? 뭔 일 있나?"

떨리는 언니의 목소리를 듣자마자 정아는 투정하는 투가 된다.

"아니, 의사가 가족 부르라고."

"어? 왜! 엄마는!"

"엄마 자는데, 의사가 부르라고."

언니는 호흡을 터뜨리듯 우짜노, 우짜노를 연발한다. 그제야 정아도 어쩌나 싶어 몸이 떨리기 시작한다.

17

언니는 놀라울 정도로 빠르게 달려왔고 몇 명의 의사가 몇 번이나 들락날락했다. 생명의 증거인 산소 포화도 수치를 정아와 언니는 눈이 빠져라 지켜보았다. 의사는 과량의 진통제를 투여할 때마다 보호자의 동의를 구했고 언니는 울면서 허락했다. 수치가 떨어지면 벨을 누르라는 안내와 함께 의사가 나가고 나니, 세 모녀만 남았다.

엄마 옆에 바싹 붙은 언니는 엄마 머리카락에 자신의 눈물 콧물이 떨어지는 걸 닦아 내며 뭔가를 중얼거리고 있다. 정아가 보다 못해 두루마리 휴지를 찾는데, 갑자기 언니 목소리가 커진다. 다가가서 보니 엄마의 눈꺼풀이 열려 있다. 언니는 정신이 나간 사람처럼 엄마, 고맙다, 사랑한다, 우리 걱정 마라, 등등을 쉴 새 없이 내뱉고 있다. 그러면서 정아에게도 뭐라도 말하라고 시켰지만 정아는 아무 말도 할 수가 없다. 언니가 계속 빨리 해라, 엄마는 다 듣는다, 들을 수 있다며 독촉했지만 그것 때문이 아니다. 못 들을까 봐 안 하는 게 아니라, 목구멍을 뭔가가 막고 있어서 목소리를 낼 수가 없다. 그 꼴을 잠시 보던 언니가 몸을 숙여 엄마 귀에 속삭인다.

"정아 저거는 못됐다, 그자?"

그 말에 엄마가 고개를 아주 약간 가로젓는다. 아무 반응이 없던 엄마가 의식이 있다는 표현을 해 준 것이다. 말을 알아들었다는 거다. 그걸 본 언니의 표정이 무너지는 것 같다.

"아니라고? 그라면 정아가 착하나?"

이번에는 엄마가 아주 약간 끄덕인다. 정아가 바로 옆에서 모든 걸 보고 있음에도 언니가 큰 소리로 외쳐 준다.

"정아, 니 착하단다. 엄마가 방금 그랬다, 니 착하다고!"

그다음 언니가 이런저런 질문을 했을 때 엄마는 아무 반응을 보여 주지 못했다. 눈꺼풀도 다시 닫혔다.

후에 언니는 조금 섭섭한 투로 엄마의 유언이 정아는 착하다, 였다고 사람들에게 말하곤 했다.

왠지 정아는 이 모든 것이 하룻밤에 벌어진 것만 같다. 언니가 몇 번이나 엄마는 그 밤 이후 일주일 동안 혼수 상태였다고 정정해 주었지만, 정아 머릿속에서는 언니가 달려온 그 밤에 엄마가 돌아가신 것으로 남아 버렸다. 기억으로는 몇 시간이었지만 실제로는 일주일이었던, 그 뿌연 시간이 끝나던 순간만큼은 선명하다.

마지막 숨을 내쉰 후, 고집스럽게 닫혀 있던 엄마의 눈이 허공을 향해 열렸다. 흰자위가 넘쳐흐를 듯 부풀어 오르더니 그다음 눈꺼풀의 움직임이 없다. 심전도 기계가 삐― 소리를 내지르며 유난을 떤다. 언제부터 있었는지 의사가 몇 시 몇 분 임종하셨습니다, 를 읊는다. 언니는 뚝뚝 끊어지는 호흡과 함께 엄마의 열린 눈꺼풀을 닫아 주려고 손을 뻗는다. 그 완력에 엄마의 흰자위가 출렁거리듯 춤을 춰서 정아는 두렵다. 저러다간 흰자위가 터져 버려서 엄마의 시력에 문제가 생길 것만 같다. 그렇게 닫혔던가, 열린 채였던가, 그것조차 가물가물하다. 중요한 건 그 눈꺼풀 안에 엄마가 없다는 사실이다. 분명 엄마가 있었는데, 없어졌다. 정아는 그 변화에 새삼 놀라는 중이다. 조금 전까지 여기서 칙, 크, 시끄럽게 산소를 들이키던 엄마는 어디로 간 걸까. 퉁퉁 부은 몸을 여기다가 벗어 놓고 대체 어디로 가 버렸을까. 어디 가면 한 번쯤은 돌아올 법도 한데 엄마는 영영 돌아오지 않았다.

5부

올해로 정아는 서른다섯이 되었다. 아직은 엄마보다 열아홉 살 어리지만, 그에게는 열 살이나 많은 이모뻘이 된 것이다. 1월 1일 밤에 정아는 이런 꿈을 꾸었다.

커다란 법당에 수십여 명이 모여서 자야 한다. 꿈이었기에 그 이유는 기억나지 않는다. 나이 지긋한 주지가 군대 규율을 통보하듯 외치고 있다. 이곳에는 잠든 사이에 괴수가 들어와 한 명을 죽인다. 누구도 피해 갈 수 없다. 설명에 따르면 그 괴수는 동물보다는 사신에 가깝다. 주지는 곧 떠나 버리고 술렁이던 사람들은 이내 시끄럽게 떠들어 대기 시작한다.

"문 쪽에 있는 게 잡혀갈 확률이 높아."

"아니야, 가운데가 제일 위험해."

"불상 앞에서 자는 게 어때?"

"눈에 띄지 않는 곳이 낫겠어."

정아도 곳곳을 눈으로 살피며 골몰한다. 어디서 자야 죽지 않을까, 결심이 채 서지도 않았는데 이미 사람들은 움직이고 있다. 정아는 이리저리로 밀쳐지며 마음만 다급하다. 그리고 그때, 법당을 밝히던 불이 꺼진다. 어둠이다. 사람들은 약속한 듯 바닥에 납작 엎드려 죽은 시늉을 하고 정아도 얼렁뚱땅 따라서 엎드린다. 여기저기 숨소리가 거칠다. 정아는 엎드린 채로, 이렇게 죽을 수는 없다고 생각한다. 숨이 끊어지는 순간 겪게 될 고통이 생생한 두려움으로 정아를 짓누른다. 그도, 엄마도 생각나지 않는 가차 없는 두려움이다. 죽고 싶지 않다. 튕기듯 일어선 정아는 법당의 문을 벌컥 열고 달려 나간다. 어디로 가야 하는지는 모르겠지만 사신으로부터 도망쳐야 하는 것만은 분명하다. 이상하게도 법당 밖은 갑자기 고속도로변이다. 쌩쌩, 차들이 정아를 위협하며 지나친다. 정아는 뒤처지는 듯한 무력감을 느끼며 온 힘을 다해 달린다. 헉헉, 숨이 목구멍에서 찰랑거린다.

비명도 없이 잠에서 깨어 눈을 뜬다. 익숙한 방 천장과 둥근 등이 보인다. 자신의 방이 맞다. 조금 전은 꿈이다. 당분간은 사신에게 쫓기지 않게 된 것이다. 그래, 아직은 아니야. 정아는 눈꺼풀을 몇 번 더 깜빡이다가 벌떡 일어선다. 이렇게 누워서 생각을 이어 가다가 다시 밤이 된 적이 허다하지만, 오늘은 부산에 내려가야 하니 정신을 차려야 한다.

엄마의 기일은 12월 29일인데, 제사를 지내기도 어색하고 그냥 지나기는 아쉬워서 자매는 신년을 함께 보내는 것으로 합의를 봤다. 올해가 여섯 번째다. 시계를 보니 다행히 그리 늦지 않았다. 정아는 조금 멍한 상태로 신년 분위기를 내려고 사 뒀던 인스턴트 떡국을 전자레인지에 데운다. 한입 떠 넣으니 꿈에서 목구멍을 압박했던 숨이 아직도 생생하다.

그가 죽기 전, 정아가 자주 꾸는 악몽의 기본 설정은 시험이었다. 공부를 안 한 채로 시험지를 받는다거나 대입 시험을 다시 치른다거나 따위였다. 그가 죽은 후에는 도주가 주였다. 그와 함께 어딘가로, 어딘가로 도망을 쳤다. 그랬던 것이 이상하게도 엄마가 죽은 후로는 정아 자신의 죽음으로 바뀌었다. 깨어나면서 아직은 죽지 않았구나, 살아 있구나, 라는 감각을 매번 경험하게 된다. 덕분에 정아는 그 전까지 스스로를 불멸의 존재라고 믿어 왔음을 깨닫게 되었다. 드라큘라도 뭣도 아니면서 주변 모두가 사라져도 자신은 남을 거라고 막연하게 확신하고 있었다. 근거 없는 확신은 하룻밤 꿈으로 쉽게 뒤집혔다. 자신도 죽을 것이다. 그처럼, 엄마처럼 죽을 것이다. 하지만 그들과 다르게 지금은 살아 있다. 아직은 살아 있다.

오늘은 신년이니까 살아 있다는 사실에 뭔가를 덧붙이고 싶다. 정아는 저도 모르는 그 뭔가를 갈망하며 머릿속을 헤집는다. 그러다 보니 슬슬 조바심이 난다. 왜 조바심을 느끼는 건가. 무엇에 대한 안달일까. 엄마와 그에게는 주어지지 않은 신년을 맞이했으면서도 변변찮게 흘려보내고 있는 무능 때문일까, 상실했음에도 아무것도 깨닫지 못한 무지 때문일까. 머릿속을 바쁘게 달리던 생각은 이내 방향을 잃고 멈춘다. 그러고는 언제나처럼 그냥 멍한 상태가 된다.

그동안 모든 것이 바뀐 것도 같고 아무것도 바뀌지 않은 것도 같다. 과거는 어젯밤 꿈처럼 생생한데 현재는 휘젓고 있는 떡국처럼 뿌옇다. 정아는 깨작거리던 떡국을 변기에 쏟아 붓고 집을 나선다.

*

낯선 복도를 지나 바뀐 언니의 연구실 앞에 선다. 호수를 재차 확인하고 노크를 하니 언니 목소리가 들린다.

"정아가? 열렸다."

시간 강사 몇 명이 모여 사무를 보는 이곳은 예전보다 작지만 예전만큼 지저분하다. 공대생들은 정리라는 걸 모르는 존재들 같다. 컴퓨터에 빨려 들어갈 듯 몸을 기울인 채로 언니가 말한다.

"금방 끝난다, 잠깐만."

"응, 천천히 해라."

다행히 다른 강사는 없어서 정아는 귀퉁이에 쪼그려 앉아 벽에 붙은 포스터를 살핀다. 교수들이 모여 신년 콘서트를 연다는 내용이다. 후진 디자인에 눈살을 찌푸리고 있는데 문자를 주고받던 언니가 묻는다.

"이몬데, 니 온 김에 외할머니 보러 가자네."

"오늘?"

"잠깐만."

하고는 몇 마디 더 주고받다가,

"내일 괜찮나?"

"어, 내야 뭐."

"그라면 간다 한디."

그러고는 문자를 마쳤는지 핸드폰을 끄고 다시 컴퓨터를 들여다본다. 그 폼이 금방 끝날 것 같지는 않다.

"언니야, 밥 먹었나?"

그제야 언니는 고개를 돌려 처음으로 정아를 본다.

"밥? 뭐 시켜 줄까?"

"니는?"

"내는 먹었는데."

"그라면 근처에서 먹고 있을게. 연락 도."

언니는 정아 혼자 밥 먹는 게 마음에 걸리는지 처음에는 맛있는 걸 사 주겠다며 기다리라고 했지만, 하던 일의 양을 계산해 보고는 카드를 건넸다. 돈이라도 내겠다는 거다. 더는 실랑이를 벌이고 싶지 않아 정아는 고맙다며 카드를 받았다.

연구실을 나와서는 메뉴를 고르며 조금 걸었다. 유력한 후보인 분식집 앞에서 잠시 망설였으나 결정을 내리지 못하고 몇 곳을 더 지나쳤다. 그러다 보니 조금만 더 가면 엄마의 장미아파트겠다 싶어서 식당 골목을 빠져나온다.

'한방병원 주차장'이라는 큼직한 글자가 적힌 타원형의 주차 건물은 과거의 모습을 찾을 수 없도록 우뚝 솟아 있다. 몇 해 전, 근처가 한방병원에 인수되면서 장미아파트가 밀렸다. 알면서 와 본 거다. 온통 회색의 벽에서 503호였을 언저리를 눈으로 가늠해 보다가 역시 별거 없구나, 하고는 곧바로 걸음을 옮긴다. 근처에 사는 언니는 굳이 와 보지 않는 것 같지만 정아는 부산에 올 때마다 한 번씩은 이렇게 눈도장을 찍고 간다. 한방병원 앞을 지나며 뭘 먹을까를 다시 떠올려 보는데 핸드폰 진동이 울린다.

고호민이다. 정아는 이름을 재차 확인한다. 역시 고호민이다.

엄마의 장례식에서도 그의 장례식 때처럼 고호민은 정아 옆에 있어 주었다. 누구나 쉽게 건네는 위로도 없이 그냥 함께했다. 그런 고호민이어서 정아는 의지하고 찾았다. 흔한 고백도 없이 어느새 둘은 연인이 되어 있었고 연애는 1년을 넘기지 못하고 끝났다. 남자 친구가 필요하지 않다는 걸, 고호민이 남자 친구가 된 이후에 깨달았기 때문이다.

우는 모습을 보이는 고호민에게 모질게 등을 돌리던 날, 정아는 이기적이게도 오랜 친구를 잃었다는 슬픔에 빠져 연애 자체를 후회했다. 그와 엄마의 죽음을 함께해 준 고호민이라는 존재가 사라지자 정아는 조금 더 초라해져 버렸다. 담당 편집자는 후임으로 바뀌어서 부딪힐 일도 없었다. 그렇게 몇 년 동안 잘라 낸 듯 연락이 없던 고호민이 지금 전화를 한 것이다. 은혜 언니와 다시 만난다는 이야기는 전해 들어서 알고 있다.

멈춰 선 채 멀뚱히 보는 동안 전화는 끊어졌다. 이상하게 들뜬 기분을 누르고 정아가 다시 전화를 건다.

"여보세요?"

"안녕."

"새해 복 많이 받아."

"응. 정아 너도."

침묵이 이어지나 싶더니 고호민이 불쑥 말한다.

"나 결혼해."

"아, 그래?"

통화 중인데도 어색하게 웃고 있는 정아의 입꼬리가 떨린다.

"너한테는 직접 말하는 게 좋겠다 싶어서."

"은혜 언니랑?"

"응. 그렇게 됐어."

"잘됐네."

"그래?"

"그런 거 아니야? 결혼할 마음 먹는 거, 어렵잖아. 훌륭하네."

뭘 지껄이는지도 모른 채 내뱉는 축하에 고호민이 브레이

크를 건다.

"뭐 그럴 것까지야."

"그래?"

"아니, 뭐. 그런 건 아니고."

묘하게 어긋난다. 서로의 뉘앙스를 파악하지 못하고 다시

침묵이다. 그제야 조금 진정된 정아가 결심한 듯 말한다.

"근데, 정말 축하해."

"응. 고마워."

고호민은 끝내 초대하지 않았고 정아는 주제넘게도 섭섭해

져 버렸다. 자기는 고호민의 결혼식에 축하해 주러 갈 수 없

는 것이다. 그렇게 가까운 사이였는데 이렇게 되다니. 아쉬운 마음에 지난 시간을 고호민으로 다시 배열해 본다. 한 장면 한 장면 모두가 고맙다. 엄마의 병문안에서 악하고 탁한 이가 되어 준 것은 특히나 고맙다. 조각들을 이어 가다 보니 불순하게도 장례식 같다는 생각이 든다.

초대받지 못한 고호민의 결혼식이 끝나면 그나마 닿아 있다고 느껴지던 가느다란 선도 끊어 내야 한다. 목소리를 듣고 싶다고, 보고 싶다고 전화하거나 찾아가면 안 되는 것이다. 정아에게 현재의 고호민은 없는 존재가 되어야 한다. 닿을 수 있는 건 과거의 고호민뿐이다. 이기적인 정아의 세계에서 고호민은 죽은 사람과 나란히 놓인다.

고호민의 장례식은 덤덤하게 치러진다. 장례식마다 오가던 잔인한 문장도 빠지지 않는다. 시간이 지나면 괜찮아질 것이다. 가슴을 짓누르는 이 아린 감각도 사라질 것이다.

주문 같은 생각들을 이어 가며 정아는 걷는다. 어느새 모르는 골목으로 들어섰지만, 그냥 걷는다. 걷다 보니 계속 걸어져서 한참을 걷는다.

*

다음 날 아침, 정아는 여전히 굴러가는 게 신기한 언니의 아반떼를 타고 창녕으로 향했다. 터미널에 도착하니 이모가 양손 가득 짐을 든 게 보인다.

이모는 차에 오르며 자매와 눈 한번 마주치지 않고 인사한다.

"새해 복 많이 받아라."

"아, 이모도."

기다리면서 내내 준비한 것이 분명한, 어색한 새해 인사를 주고받은 후로는 침묵이다. 띄엄띄엄 근황이 오갔지만 다들 말주변이 없어 금세 뚝뚝 끊어졌다. 그렇게 30분 정도를 더 달리자 낯익은 풍경이 나온다. 마을회관 앞 정자를 지나 저 멀리 보행기에 몸을 의지한 외할머니가 보인다. 대뜸 이모가 외친다.

"어, 엄마다. 엄마!"

차창까지 내리고 손을 흔드는 이모의 행동에 정아는 신경이 곤두선다. 이모 목소리의 데시벨이 높아서가 아니다. 외할머니가 이모의 엄마라는 당연한 사실에 불쾌가 서린다. 환갑이 다 된 이모에게도 있는 엄마가 자신에게는 없는 것이다. 차에서 내리던 언니가 옆구리를 쿡 찔러 준 덕분에 정아는 자기 얼굴이 일그러져 있음을 알게 되었다. 다급하게 입꼬리를 올리며 차 문을 연다.

뜨끈한 온돌방에 엉덩이를 붙이기도 전에 이모는 싸 온 음식들을 펼치느라 부산하다. 봉지마다 갈비찜과 치킨과 과일이 수북수북 담겼다. 외할머니가 낭패라는 듯 말한다.

"떡국 끼리 놨는데."

"떡국?"

이모는 아쉬운 얼굴이지만 정아는 먹고 싶다.

"난 먹을래요."

"해가 바꼈으니 한 그릇씩 들자."

잠시 후, 포근한 냄새와 함께 이모가 상을 내온다. 상 위에는 단정하게 물김치와 떡국이 네 그릇이다. 뽀얀 국물에는 하얀 떡이 한가득이다. 듬성듬성 소고기와 무 조각도 보인다.

"입에 맞을랑가 모르것다. 묵자."

"잘 먹겠습니다."

정아는 앞에 놓인 떡국을 한 숟갈 큼직하게 떠서 입으로 나른다. 잠시 머금고 있으니, 풍미가 번지며 혀를 자극한다. 옆에서 언니가 우물거리며 말한다.

"맛있어요."

"다행이네. 마이 무라."

떡국을 깨끗이 비워 내자 이모가 각오한 듯 가져온 음식들을 다시 펼친다. 맛만 보라며 음식들이 손에서 손으로 오간다.

외할머니와 이모의 식사는 계속되고 있지만 정아는 위가 가득 차서 숨쉬기도 힘들다. 언니도 배가 부르다고 해서 자매는 각자 커피와 설거지를 자처하며 자리에서 일어선다. 빈 그릇을 언니에게 날라 주고 커피포트를 가져오는데, 문갑 위에 놓인 성경책이 눈에 들어온다.

"할머니, 교회 다니세요?"

"뭐라?"

정아가 성경책을 들어 보이자 외할머니는 난처한 얼굴이 된다.

"그기 와 그 있드나?"

"엄마, 교회 나가나?"

"할머니가요?"

정아는 언니와 이모의 경악에 가까운 반응에, 죄를 지은 기분이 되어 버린다. 언니는 물이 뚝뚝 떨어지는 손으로 주방에서 뛰어나왔고 이모는 닭다리를 든 채 눈을 치켜뜨고 있다. 외할머니는 긴 숨을 내쉬고는 주름진 입술에 침을 축인다.

외할머니는 절에 다녔다. 자신도 때마다 절에 가던 엄마는, 노인네가 아픈 다리로 절에 다닌다며 속상해했다. 작은 불상과 염주를 사 드리며 집에서 불공 드리시라 했으나 외할머니는 다음에도 또 그다음에도 절에 갔다. 결국 엄마는 지팡이를 사 드리는 것으로 패배를 인정할 수밖에 없었다. 그랬던 외할머니가 종교를 바꾸었다. 딸과 손녀들의 쏟아지는 질문에는 마을회관에 드나드는 목사를 따라 몇 번 간 것뿐이라고 둘러댔지만, 한 번 더 생각해 보니 이유를 알 것도 같다. 부처님을 원망하는 그 모습이 또렷하게 그려진다. 외할머니는 탓할 누군가가 필요했을 것이다. 남편과 아들딸을 빼앗아 간 것에 누군가는 책임을 져야 했을 것이다. 그 마음을 뒤늦게 헤아린 정아는 여전히 성경책을 든 채다. 묵직한 무게감이 마음에 든다.

커피를 마시고 조청으로 만든 과자까지 먹었다. 여러 번 권하기에 거절할 수가 없어서 손녀들은 식사가 끝난 뒤에도 다시 꾸역꾸역 위를 채웠다. 순전히 음식에서 도망쳐야겠다는 생각으로 정아는 마당을 좀 거닐었다. 언니가 갈 준비를 하라고 불러서 마루로 돌아갔을 때, 외할머니와 이모의 수다는 계속되고 있었다. 생소한 이름들이 등장했다가 설명도 없이 퇴장한다. 그때 외할머니의 목소리가 정아 귀에 꽂혔다.

"얄궂구로 재혼했다 아이가."

"당숙이 재혼했나?"

"마카, 다 늙어서 아들도 있는데."

하고는 끌끌 혀를 차셨다. 정아는 정신이 번쩍 들었는데 이유를 몰라 조금 어리둥절했다. 부산으로 갈 짐을 부리고 있던 언니를 도와 외할머니가 주신 찹쌀이며 참기름을 트렁크에 넣으면서도 왜 자신의 신경이 긁혔는지 알 수 없었다.

이모를 터미널에 내려 주고 언니 집에 도착했을 때는 해가
지고 있었다. 대충 짐을 정리한 후에 언니는 소화제를 챙겨
먹었는데 그 모습을 보니 언니도 나름대로 애를 썼구나 싶다.
물을 꿀꺽꿀꺽 마신 후 언니가 침대에 누워 버린다. 정아는
아쉬운 마음에 입을 연다.

"잘 거가?"

"어. 니는?"

정아는 마음에 걸려 있던 덩어리를 툭 던진다.

"외할머니 때문에 엄마 재혼 못 한 거가?"

"뭔 소리고?"

"그럴 거 같아서. 외할머니가 말씀하시는 게."

"뭐가?"

언니가 정아를 향해 돌아눕는데, 기운이 조금은 돌아온
것 같다. 정아는 그 모습에 힘을 얻어 이야기를 이어 간다.

"당숙인지 누구, 재혼한 거 나쁘다는 투로 말씀하셨잖아."

"언제?"

"짐 챙길 때."

"그랬나?"

"못 들었나?"

"나는 엄마 사진 보고 있었는데."

그러고 보니 언니는 그때 다른 걸 하고 있었던 것 같다. 언니가 핸드폰을 건넨다. 젊은 엄마가 어린 자매를 양팔에 안고 활짝 웃고 있다. 슬픔보다는 반가움이 크다.

"내한테도 말해 주지."

엄마를 들여다보느라 정아가 마무리하지 못한 이야기를, 언니가 다시 꺼낸다.

"니 말은, 외할머니가 말려서 엄마가 재혼을 못 했다고?"

"응. 그런가 해서."

"만약에 그랬다면 우짤 건데?"

거기까지는 생각해 보지 못했다. 정아는 잠시 골몰하다가 답한다.

"따질라고."

최대한 진지하게 답했음에도, 언니는 피식 웃으며 돌아 누워 버린다. 뻘쭘해진 정아는 엄마 사진을 자신에게 전송하고 핸드폰을 언니에게 돌려준다. 다음번에 외할머니댁에 가면 사진첩을 보여 달라고 졸라야겠다. 운이 좋으면 어린 엄마를 얻어 올 수도 있을 거다.

잠시 후, 정아는 스탠드를 끈다. 잘 준비를 하려고 몸을 뒤척이는데, 어둠 속에서 언니의 목소리가 들린다.

"해 봐 봐."

"어?"

"외할머니, 여쮜봐 봐. 뭐라시나 듣게."

언니의 잠을 엄마의 재혼이 막고 있었나 보다. 정아는 그제야 자기가 한 말을 떠올리고 약속한다.

"어."

"……"

"그러자."

작가의 말

살면서 신기한 경험을 몇 번 한 적이 있습니다.

다니던 고등학교는 집에서 버스로 한 시간이 넘는 거리에 있었습니다. 주변이 깜깜할 때 집을 나와 등교를 했습니다. 어느 겨울, 집을 나오는데 골목 끝에 하얀 덩어리가 놓여 있었습니다. 정류장으로 가려면 그 덩어리를 지나쳐야 했으므로 몇 걸음 다가가서 멈춰 섰습니다.

모르는 개가 저를 올려다보고 있었습니다. 책가방보다는 작고 도시락 통보다는 큰 덩치였습니다. 조금 난처했던 것 같습니다. 개를 키워 본 적이 없어서 그 눈이 어떤 감정을 표현하는 건지 읽어 낼 수 없었습니다. 저는 개 옆으로 스치듯이 걸어 나왔습니다. 골목은 좁았기 때문입니다. 그렇게 몇 발자국을 내디뎠는지는 기억나지 않습니다. 돌아보았을 때, 거기에는 아무것도 없었습니다. 시선을 옮기니 바로 뒤에 따라붙었습니다. 물릴 수도 있겠구나, 두려움이 일었습니다. 바로 앞이 집인데도 다시 들어갈 생각을 하지 않았던 것을 보면 두려움이 그리 크진 않았던 것 같습니다. 그 상태로 저는 다시 걸었습니다. 약간의 거리를 두고 개도 졸졸 뒤따랐습니다. 버스 정류장까지는 10분 남짓한 거리였는데 그 시간대에는 정류장에도 인적이 드물었습니다. 우리는 정류장에 함께 멈췄습니다. 그 개는 모르는 개였기 때문에, 저는 개를 등지고 버스가 오는 방향만 바라보며 서 있었습니다. 타야 할 버스는 곧 왔고 혹시나 지나칠까 손을 흔들며 세워 탔습니다. 제일 뒷자리 창가로 가서 밖을 살피니 개는 저를 바라보고 있었습니다. 처음 골목 입구에서 만났을 때처럼 웅크린 자세로. 누군가 보았다면 눈물겨운 이별로 해석할 수도 있을 상황이었습니다. 버스는 곧 움직이기 시작했고 모르는 개와 저는 목을 길게 빼며 서로의 눈을 바라보았습니다. 멀어지다가 사라질 때까지.

그렇게 몇 주 동안 모르는 개는 처음과 같은 방식으로 저의 등굣길을 함께했습니다. 그러다가 어느 순간, 사라져 버렸습니다. 동네 여기저기를 뒤져 보았지만 찾을 수 없었습니다.

20년이 지나, 지금입니다. 저는 지금도 또렷하게 그 개의 눈빛을 떠올릴 수 있습니다. 어디서 왔다가 어디로 갔는지. 왜, 무엇 때문에 그랬던 건지. 생각하다 보면 모르는 개의 눈빛에다가 자꾸만 뭔가를 덧붙이고 싶어집니다.

2020년 3월
강진아

추천의 글

  사랑은 언제나 상실의 고통을 가져온다. 『오늘의 엄마』는 나에게 끈질기게 그 사랑의 실체를 들여다보는 소설로 읽혔다. 뜨겁게 사랑했던 애인을 한순간에 잃은 첫 이별과 달리, '정아'의 두 번째 상실은 느리고 지지부진하다. 정아, 정미 자매가 죽음을 앞둔 엄마와의 이별을 준비하는 과정은 하나같이 서툴고 버거우며, 삐거덕거리고, 서로의 지저분한 속마음을 낱낱이 드러내게 한다.

  다정한 말 한마디 오가지 않는 세 사람의 이야기를 따라가면서, 나는 상실이 언제나 고통으로만 가득 찬 건 아니라는 생각을 하게 됐다. 슬픔이라는 단어만으로는 해석할 수 없는 마음들이 이별에는 깃들어 있고, 사랑이 복잡하듯 상실 역시 복잡하다는 것. 떠난다는 것은 동시에 어딘가에 남겨지는 것인지도 모르겠다.

책장을 덮고 난 후에도 나는 오랫동안 정아를 생각할 수밖에 없었다. 떠난 이들을 기억하며 살아갈, 대체로 아프지만 아마도 괜찮을 정아의 마음을.

— 김초엽(소설가)

우리가 인생에서 기다리는 '디졸브'는 이런 것이다. 하나의 행운이 수명을 다해 갈 무렵 의식하지도 못한 사이에 슬며시 찾아오는 또 다른 행운. 그러나 삶에서 밀려가고 밀려오는 디졸브의 운동은 잔인하게도 행운에 인색하고 불행과 친숙하다. 『오늘의 엄마』는 그 행운의 가능성이 꿈에서조차 남지 않은 세계에서 '정아'가 불현듯 직면한 삶의 무자비한 어떤 디졸브에 대한 이야기다.

한 세계의 사라짐이 아직 진행 중인데, 다른 세계의 사라짐이 시작되고 만다. 정아의 일상은 어느덧 사라짐의 과정 바깥으로 나가는 길을 찾지 않는다. 디졸브를 관통하고 있는 정아의 이야기는 처음에는 애도의 일기처럼 읽히지만, 책장을 덮을 때 우리는 비로소 알게 된다. 이것은 죽음에 대한 우아

한 사유가 아니다. 여기 근사한 수사나 철학이 들어설 틈은 없다. 애도의 시간을 허락하지 않는 죽음의 디졸브 속에서도 아침이면 다시 깨어나는 나의 육체. 나는 여전히, 여기 살아 있다는 물리적인 각성. 『오늘의 엄마』는 이토록 뼈아프게 단순한 생의 육신을 부정하지 않고 감당하려는 의지 하나로 써 내려간 기록 같다.

—남다은(영화평론가)

.

　소설을 읽으며 우는 성격이 아닌데도 울 수밖에 없었다. '저희 엄마 앞에서는 진짜 울면 안 된다'는 자매의 당부가 마음에 걸려서 참고 참다가 '작가의 말'까지 읽은 다음에야 거리를 걸으며 울었다. 누구나 죽는다. 아픔 속에서 죽는다. 이 사실을 알고 있다고 생각하지만 지금은 절대 알 수 없다. 당장 살아 있으므로. 오늘이 한 번뿐이듯 죽음도 한 번뿐이다. 그 한 번을 잘 해내고 싶어서 우리는 소설을 읽으며 연습하는지도 모른다. 『오늘의 엄마』를 읽었으므로, 언젠가 내게도 그날이 오면, 이 소설을 읽지 않은 경우보다는 잘 해낼 수 있으리라고 믿고 싶다.

　죽음으로 이별하는 일은 떠나는 이에게도, 남은 이에게도 처음이다. 남아서 또 다른 이를 떠나보내더라도 그와의 작별은 언제나 한 번뿐이다. 『오늘의 엄마』를 읽으며 배웠다. 동정은 정말 쉽고도 이기적인 감정이라는 것을. 다정한 사람들은 다정함을 거두는 방식으로 서로를 등지지만, 다정하지 않은 사람들은 '오지 마라' '안 보고 살 거다'라는 말로도 서로를 밀어낼 수 없음을. 우리의 오늘은, 오늘의 당신은 기적이다. 그리고 결국 죽음이 왔을 때, 죽음과 이별이 결코 같은 뜻은 아님을 깨달을 그날들 또한 우리의 기적이 될 것이다.

— 최진영(소설가)

오늘의
젊은 작가
25

오늘의 엄마

강진아 장편소설

1판 1쇄 펴냄 2020년 3월 27일
1판 8쇄 펴냄 2023년 5월 22일

지은이   강진아
발행인   박근섭·박상준
펴낸곳   (주)민음사

출판등록   1966. 5. 19. 제16-490호
주소   서울시 강남구 도산대로1길 62(신사동)
           강남출판문화센터 5층(06027)
대표전화   02-515-2000 | 팩시밀리 02-515-2007
홈페이지   www.minumsa.com

ⓒ 강진아, 2020. Printed in Seoul, Korea

ISBN 978-89-374-7325-8 (04810)
ISBN 978-89-374-7300-5 (세트)

* 잘못 만들어진 책은 구입처에서 교환해 드립니다.